Amor en la tormenta
Maureen Child

Editado por Harlequin Ibérica.
Una división de HarperCollins Ibérica, S.A.
Núñez de Balboa, 56
28001 Madrid

© 2016 Maureen Child
© 2017 Harlequin Ibérica, una división de HarperCollins Ibérica, S.A.
Amor en la tormenta, n.º 2104 - 7.9.17
Título original: Snowbound with the Boss
Publicada originalmente por Harlequin Enterprises, Ltd.

I.S.B.N.: 978-84-687-9798-4
Depósito legal: M-17644-2017
Impresión en CPI (Barcelona)
Fecha impresion para Argentina: 6.3.18
Distribuidor exclusivo para España: LOGISTA
Distribuidores para México: CODIPLYRSA y Despacho Flores
Distribuidores para Argentina: Interior, DGP, S.A. Alvarado 2118.
Cap. Fed./Buenos Aires y Gran Buenos Aires, VACCARO HNOS.

Capítulo Uno

Sean Ryan soñaba con playas calurosas, olas de tres metros y cerveza helada… Como helada era justamente su realidad ahora.

Pasar el mes de enero en Wyoming no era agradable, se dijo. Un californiano no pintaba nada allí, con la nieve por las rodillas.

Si hubiera tenido opción, no estaría allí, pero le había llegado el turno de convertir un hotel destartalado en una fantasía virtual inspirada en uno de los videojuegos más vendidos de su empresa.

–¿Por qué no habré podido conseguir un puñetero hotel en Tahití?

Porque los videojuegos de Celtic Knot estaban basados en leyendas antiguas y, por lo que Sean sabía, no existían relatos celtas legendarios ambientados en una playa de Tahití. ¡Qué pena!

Sean, alto y con pelo negro, que le caía hasta el cuello de la cazadora, se metió las manos en los bolsillos de los vaqueros y miró a su alrededor. El gran salón del viejo hotel era gigantesco, y sus pisadas resonaban por él cada vez que sus ajadas botas marrones se posaban sobre el suelo de madera. Había tantas ventanas en la sala que parecía como si el paisaje cubierto de nieve estuviera dentro.

No era un sitio enorme, solo tenía ciento cincuenta habitaciones, pero daba la sensación de tener más. Probablemente era debido a tanta madera y tanto cristal, pensó Sean. Ya podía imaginar cómo quedaría el hotel una vez terminaran los trabajos de reforma. Llevarían hasta allí a sus diseñadores para que el videojuego Forest Run cobrara vida en cada habitación y para que ese lugar se convirtiera en el destino principal de jugadores de todo el país.

Y debía admitir que la ubicación era perfecta para recrear el videojuego. El hotel descansaba sobre doscientos acres de bosque, prados y un precioso y grande lago. Sin embargo, no se podía imaginar que la gente fuera a querer ir hasta el centro de la nada en pleno invierno con todo cubierto de nieve. ¿Quién preferiría la nieve a la arena de la playa?

Él no, eso desde luego. Pero esperaba que hubiera muchos jugadores a los que de verdad les gustaran las temperaturas glaciales. En cuanto a él, estaba deseando volver al sur de California. Sacudiendo la cabeza, se recordó que el viaje casi había terminado. Llevaba una semana en Wyoming y ahora que todas las «negociaciones» con su contratista habían finalizado, esa misma tarde se subiría al avión de su empresa y volvería al mundo real. A su vida.

Se puso de espaldas a la ventana y miró hacia el techo al oír pisadas por arriba. Al instante, el cuerpo se le tensó. Frunció el ceño y apartó esa sensación, la hundió lo suficiente como para no tener que sentirla.

No. Cuando se marchara, Sean no echaría de menos el frío. Ni tampoco la soledad, se aseguró. Pero a esa mujer… Eso era otra historia.

Kate Wells. Empresaria, contratista, carpintera y su actual motivo de inquietud. Estaba en Wyoming en pleno invierno únicamente porque Kate había insistido en que tenían que reunirse allí mismo para que su cuadrilla y ella pudieran empezar con las reformas interiores.

Y desde que la había visto, los trabajos de renovación se habían convertido en lo último que le preocupaba. En lugar de en la reforma, ahora estaba centrado en esa copiosa melena negra, normalmente recogida en una cola de caballo, en esos ojos azules y en esa boca lo suficientemente grande como para provocarle a un hombre sueños cargados de sexo.

Había pasado demasiado tiempo desde la última vez que se había permitido una aventura verdaderamente excitante. Esa era la única explicación para el hecho de que le estuviera ardiendo el cuerpo por una mujer que llevaba colgado un puñetero cinturón de herramientas.

Volvió a mirar al techo; fruncía más el ceño a medida que ella se movía por el piso de arriba con pasos rápidos y decididos. Nunca había conocido a una mujer tan segura de sí misma. Siempre había admirado a las mujeres fuertes, pero Kate Wells elevaba esa cualidad a otro nivel. Discutía con él por todo y, por muy irritante que le resultara, Sean lo disfrutaba en cierto modo, lo cual demostraba que tanto frío le había helado y destrozado demasiadas neuronas.

Sacudiendo la cabeza, encendió el móvil, agradecido por tener al menos cobertura. Después de pulsar el botón de la videollamada, marcó y esperó.

Al tercer tono, el rostro de su hermano Mike apareció en la pantalla.

—¡Odio Wyoming! —gritó Sean.

Mike se rio y se recostó en la silla de su despacho. Detrás de su hermano, Sean veía el jardín de la vieja casa de estilo victoriano de Long Beach, California, que hacía las funciones de oficinas de Celtic Knot.

–No te guardes nada, cuéntame cómo te sientes.

–Muy gracioso –qué fácil le resultaba a su hermano mayor divertirse, se dijo Sean. Él no estaba en mitad de un bosque con una mujer que lo atraía y enfurecía al mismo tiempo. Pensando en Kate, miró atrás para asegurarse de que no estuviera por allí y, una vez quedó satisfecho con la comprobación, volvió a mirar al teléfono.

–No ha dejado de nevar desde que llegué. Hay casi un metro de nieve ahí fuera y sigue nevando. Creo que no va a parar nunca.

–Tiene pinta de hacer frío –dijo Mike estremeciéndose con exageración.

–¡Ja! ¡Más que frío! Llevo dos jerséis debajo de la cazadora.

Riéndose, Mike preguntó:

–¿Y cómo es todo por allí cuando no te estás quejando por el frío que tienes? ¿Has logrado sacar un momento para ojear las tierras y el hotel entre tanto sufrimiento?

–Sí, lo he ojeado todo. Es bonito. Muchos árboles. Mucha tierra abierta. ¿Y quién me iba a decir que el cielo fuera a resultarme tan grande al salir de la ciudad?

–Sí –dijo Mike–. Eso yo lo descubrí también cuando Jenny y yo estuvimos en Laughlin…

Estrechando la mirada ante la imagen de su hermano, Sean se preguntó qué habría pasado exactamente entre Mike y Jenny Marshall, una de las mejores diseñadoras de la empresa.

–Algo me dice que hay algo más en esa historia –dijo Sean prometiéndose que, en cuanto llegara a casa, se llevaría a Mike a tomar unas cervezas y le sonsacaría la verdad.

–Si la hay –le dijo Mike–, no te vas a enterar.

Pero Sean no era de los que se rendían fácilmente. Además, estaba claro que algo pasaba entre Jenny y su hermano. Aun así, dejaría el asunto de momento porque ahora mismo lo que le interesaba era salir de Wyoming antes de acabar convirtiéndose en un helado.

–¿Cómo es el hotel, Sean?

–Grande. Frío. Vacío –soltó un suspiro de frustración y se pasó una mano por el pelo. Echó otro vistazo a su alrededor y le dio a Mike una respuesta mejor–: El anterior propietario dejó algunos muebles abajo, pero las habitaciones hay que equiparlas de arriba abajo. Ni camas, ni sillas, ni mesas, nada.

Miró un destartalado sofá de piel y dos sillones a juego colocados frente a una enorme chimenea en el gran salón. Sean no le daba mucha importancia al mobiliario, pero ya que Kate y él iban a estar ahí metidos un tiempo, agradecía que hubiera algo más que suelo donde sentarse.

–No es para tanto –le dijo Mike–. De todos modos, habríamos reformado las habitaciones a nuestro gusto.

–Cierto. Y el lugar tiene algunos extras buenos –dijo Sean asintiendo para sí–. Aunque va a hacer falta mucho trabajo para convertir este lugar en una fantasía de Forest Run.

–¿Y Kate Wells está a la altura?

–Y que lo digas –murmuró Sean. Nunca había conocido a una mujer tan segura de sus aptitudes, al igual que nunca se había topado con nadie que estuviera tan dispuesto a discutir con él. Estaba acostumbrado a que la gente que trabajaba para él verdaderamente trabajara para él. Sin embargo, esa mujer parecía creer que era ella la que estaba al mando, y ese era un asunto del que tendría que ocuparse muy pronto–. Bueno –continuó, obligándose a sacarse a Kate de la cabeza–, hay ciento cincuenta habitaciones y todas necesitan trabajo.

Mike frunció el ceño.

–Si seguimos tu idea de celebrar nuestras propias convenciones de videojuegos en esa propiedad, necesitaremos más habitaciones. ¿Hay otros hoteles cerca?

–No. Estamos a dieciséis kilómetros del más cercano. Es un pueblo pequeño con dos pensiones y un motel al lado de la autopista.

Mike se puso más serio todavía.

–Sean, no podemos celebrar una conferencia grande si no hay sitio donde se aloje la gente –respiró hondo y añadió–: Y no digas que la gente puede levantar tiendas de campaña.

Sean se rio.

–Que me guste ir de acampada no significa que quiera que unos extraños se instalen por toda la propiedad. De todos modos, hay un pueblo más grande a unos cuarenta kilómetros de aquí con más hoteles –y ahí era donde se estaba alojando él. En un hotel exclusivo, agradable y cómodo donde le habría gustado estar ahora mismo. Quería darse una ducha lo bastante caliente como para derretir los pedacitos de hielo que se le habían formado en el torrente sanguíneo. Sin embargo, para eso aún quedaba un buen rato–. Kate, la contratista, ha tenido otra idea para solucionar ese problema.

–¿Qué se le ha ocurrido? –preguntó Mike antes de agarrar su taza de café y dar un trago largo.

Sean miró a su hermano, y con un tono cargado de rabia le preguntó:

–¿Eso es un capuchino?

Mike sonrió y dio un trago más largo.

—Lo disfrutaré por ti.

—Gracias —contestó con claro sarcasmo, aunque sabía que a Mike no le importaba. ¿Por qué iba a importarle? Su hermano mayor estaba en casa, en Long Beach, con acceso a su cafetería favorita, al bar del final de la calle, con vistas al océano y, lo más importante, no se estaba quedando como un puñetero bloque de hielo.

¡Cuánto echaba de menos la civilización!

—Kate cree que deberíamos instalar algunas cabañas pequeñas detrás del edificio principal, adentrándose en el bosque.

—Es una buena idea.

—Ya, lo sé.

—Pues no pareces muy contento.

—Porque estaba excesivamente segura de que tenía razón —le dijo Sean, recordando la conversación del día anterior.

Kate le había hecho caminar por la nieve para inspeccionar la propiedad y las zonas que ya había seleccionado para las posibles cabañas y, mientras se lo había ido detallando todo, él había podido imaginarlo tal cual sería. Pequeñas cabañas en el bosque harían que la experiencia resultara más fantástica, y ya se estaba planteando cómo las harían diferentes, cómo dotarían a cada casita de una identidad que la separara del resto.

Por otro lado, también le enfurecía que a él no se le hubiera ocurrido nada de lo que ella le había sugerido. No obstante, no era tan tonto como para no reconocer una buena idea cuando la oía.

—Sí —dijo Mike pensativo—. Es un fastidio cuando tienen razón, ¿verdad?

9

–Ni te imaginas –murmuró Sean.

–Creo que sí me lo imagino –dio otro sorbo al capuchino deliberadamente–. Parece que lo estás pasando genial.

Sean estrechó la mirada. Habría dado su coche a cambio de un capuchino caliente en ese momento. Ahora tenía un motivo más para sentirse furioso.

–Sí, me lo paso de maravilla, esto es súper divertido. Esta mujer es la persona más testaruda con la que he tratado en mi vida, incluso más que tú.

–Si hace bien su trabajo, eso es lo único que debería importarte.

Su hermano tenía razón. Eso era lo único que debería importarle. Pero en lugar de pensar en eso, estaba pensando en su cabello, en lo oscuro y voluminoso que era, y no podía evitar preguntarse cómo sería cuando lo llevara suelto. Pensó en el azul de sus ojos y en cómo el cinturón de herramientas le colgaba alrededor de las curvilíneas caderas. Odiaba admitirlo, pero cuando hablaba, se fijaba tanto en su boca que apenas oía lo que le decía.

¡Mierda! Tenía que salir de Wyoming rápidamente.

Se pasó una mano por la cara y se centró en la conversación con Mike.

–Ya, ya. Quiere que su cuadrilla venga la semana que viene y empiece con la reforma, y me parece bien, siempre que pueda supervisarlo desde California.

–De acuerdo, pero como no te has llevado a ninguno de los diseñadores, ¿qué va a hacer esa mujer con la pintura?

–Vamos –dijo Sean–. No me podía traer a ningún diseñador aquí, cuando todo el mundo está ocupado con los últimos retoques de The Wild Hunt.

10

–Cierto –asintió Mike–. Aquí todo el mundo está trabajando día y noche.

Y Sean debería haber estado haciendo lo mismo. Tenía que ponerse en contacto con el departamento de marketing y con sus clientes y comprobar la campaña publicitaria que se iba a lanzar para el nuevo videojuego. El trabajo se le estaba acumulando en California, pero ya que su contratista estaba tan ansiosa por que comenzaran las obras, había tenido que ir hasta allí. Ese viaje había surgido en el momento menos oportuno.

–Bueno –continuó Sean–, de todos modos, ¿qué pasa por dejar las paredes lisas? Pueden pintarlas de blanco y después, cuando vengan los diseñadores, tendrán lienzos en blanco sobre los que trabajar.

–Sí, me parece bien. ¿Vuelves a casa mañana?

–Ese es el plan, gracias a Dios –respondió Sean–. Kate ha salido para traer la camioneta. Vamos a volver al pueblo ahora mismo. Y, ¡cómo no!, sigue nevando.

–Si te hace sentir mejor, aquí hoy estamos a veinticuatro grados.

–Genial. Gracias. Lo que me faltaba oír –se oyó un portazo. Kate gritó algo y Sean miró a un lado y respondió–: ¿Qué?

Al segundo, Kate estaba en la puerta, sacudiéndose copos de nieve de la cabeza.

–Hay una tormenta de nieve.

Él cubrió el teléfono con una mano.

–Estarás de broma.

–No bromeo –respondió ella encogiéndose de hombros–. Ya han cerrado el paso de montaña. No iremos a ninguna parte.

–¿Durante cuánto tiempo?

11

–Es imposible saberlo.

–Perfecto.

–¿Qué pasa? –preguntó Mike.

–El karma, probablemente. Kate acaba de oír por la radio de la camioneta que han cerrado el paso de montaña. Estoy atrapado por la nieve.

En lugar de compasión, Sean vio cómo Mike contenía la risa.

–Gracias por tu preocupación.

Mike levantó una mano e intentó parar de reír.

–Lo siento, lo siento.

–¿Qué te hace tanta gracia? Estoy atrapado en un hotel vacío con una contratista malhumorada y una montaña de nieve al otro lado de la puerta.

–Está claro –dijo finalmente Mike– que solo resulta gracioso visto desde California. ¿Pero tenéis comida y calor?

–Estamos cubiertos –señaló Kate, cuya expresión le decía claramente lo que le había parecido la descripción de «malhumorada».

–Sí –dijo Sean antes de girarse hacia Kate y añadir–: Ven aquí un momento para conocer a mi hermano.

A Kate no pareció hacerle mucha gracia la invitación, y a Sean tampoco le sorprendió. Cruzó la habitación con paso enérgico y se detuvo a su lado para mirar la pantalla.

–Hola, soy Kate y tú eres Mike –dijo rápidamente–. Encantada de conocerte, pero no tenemos mucho tiempo para hablar. Tenemos leña ahí fuera y necesitamos meterla aquí antes de que la tormenta descargue por completo. De todos modos, no te preocupes. Hay mucha comida, ya que me aseguro de que mi cuadrilla esté bien alimentada mientras trabaja.

–De acuerdo –se apresuró a decir Mike, pensando que probablemente no tendría otra oportunidad de hablar. Y no se equivocaba.

–La tormenta pasará en uno o dos días y las quitanieves despejarán el paso de montaña enseguida, así que podrás tener a tu hermano de vuelta a finales de semana.

–De acuerdo…

Sean agarró el teléfono y le dijo a Kate:

–Ahora mismo salgo a ayudarte –cuando volvió a mirar a Mike, su hermano estaba sacudiendo la cabeza–. Está ahí fuera recogiendo leña. Tengo que irme. He estado a punto de poder largarme de aquí y ahora no sé cuándo saldré. Dile a mamá que no se preocupe y que no se moleste en llamarme. Voy a apagar el móvil para conservar la batería.

–De acuerdo –y aunque hacía unos minutos la situación había parecido divertirle, ahora Mike preguntó–: ¿Seguro que estarás bien?

Sean fue el que se rio ahora.

–Puede que aquí no haya olas que surfear, pero estaré bien. He hecho acampadas en peores condiciones. Al menos tenemos un tejado y muchas camas entre las que elegir. Te llamaré cuando pueda. Tú tenme preparado un capuchino bien caliente.

–Eso haré. Y Sean… –añadió Mike–, no mates a la contratista.

Matarla no era lo que tenía en mente, pero no lo admitiría delante de su hermano. Así que, le dijo:

–No te prometo nada.

***

13

Cuando colgó y apagó el teléfono, cruzó la habitación sacudiendo la cabeza con irritación. Había pasado una semana con esa mujer y ya estaba al borde de un ataque de nervios. Y, por si fuera poco, ahora estaría atrapado por la nieve junto a ella durante quién sabía cuántos días.

–La cosa mejora por momentos –murmuró.

Cruzó una cocina lo bastante grande para cubrir sus necesidades pero que necesitaba una reforma importante. Las ventanas eran enormes y ofrecían unas buenas vistas del bosque. En ese momento, el cielo estaba gris y la nieve que caía era tan espesa que parecía una colcha de algodón.

Sean se abrochó bien la cazadora al salir al porche trasero y se topó con la helada ráfaga de viento. Nieve. Solo había nieve. Caía rápidamente y con copos densos, y por un segundo tuvo que admitir que la imagen era preciosa. Pero entonces recordó que eso tan «precioso» era lo que le estaba bloqueando su única salida y enseguida perdió todo el encanto.

–¿Kate?

–¡Aquí!

Sean se giró hacia el sonido de su voz e ignoró el frío golpe invernal lo mejor que pudo. Los copos de nieve le caían de lleno en la cara, como picotazos helados, y el viento lo empujaba como intentando obligarlo a volver a entrar.

Ignorando las ganas que tenía de retroceder, se giró hacia donde estaba Kate, agachada junto a una pila de leña. Llevaba tres leños en los brazos y se disponía a agarrar uno más.

–Déjame –dijo Sean apartándola.

–Puedo hacerlo sola.

–Sí –respondió él asintiendo. Llevaba toda la semana viendo su testarudez y su determinación para hacerlo todo sola–. Lo sé. Eres una chica dura. Todos estamos impresionados. Pero si los dos cargamos la leña, podremos protegernos del frío mucho antes.

Ella lo miró como si tuviera ganas de discutir, pero entonces cambió de opinión.

–Muy bien. Carga con todo lo que puedas y luego volvemos a por más.

Y así, sin decir ni una palabra más, entró en el hotel y lo dejó cargando leños. Cuando Sean se incorporó, volvió a mirar a su alrededor. A pesar del viento cargado de nieve que los sacudía, los pinos se alzaban altos y rectos como soldados en un desfile. El lago estaba helado y los copos de nieve se amontonaban en la orilla. Echó la cabeza atrás y miró al cielo, gris y cargado. El aire era frío y denso. Si la cosa seguía así, podría pasarse semanas atrapado allí.

Tras colocar la leña formando una perfecta pila junto a la chimenea de piedra, Kate se agarró a la repisa y se apoyó en ella.

–¿Es que la tormenta no se podía haber esperado a que él se hubiera marchado? –se dijo.

Claro que no. Eso le habría facilitado mucho la vida.

Poniéndose recta lentamente, sacudió la cabeza con la esperanza de aclararse las ideas, que parecían estar haciendo saltos mortales por su cabeza. Después dispuso una capa de astillas que había sacado de un cesto y acercó una llama hasta que prendió y el fuego comenzó a crepitar por la silenciosa habitación.

–Puedes hacerlo –se dijo–. Solo es tu jefe.

«Mentiras», le susurró su mente. Todo mentiras, y ni siquiera muy buenas. La triste verdad era que Sean Ryan era mucho más que el hombre para el que estaba trabajando. Era el primer hombre en años que había sido capaz no solo de burlar sus tan bien entrenadas defensas sino de arrasar con ellas. Una sonrisa suya y le temblaban las rodillas. Una mirada de esos ojos azules y sus aletargadas hormonas comenzaban a danzar de alegría. Resultaba humillante admitirlo.

Ahora tenía una buena vida. La había construido con cuidado, ladrillo a ladrillo, y no debía permitir que la atracción lo arruinara todo.

Por supuesto, mantenerse firme ante lo que Sean Ryan le hacía sentir habría sido mucho más sencillo si él hubiera podido marcharse al día siguiente, tal como estaba previsto, pero con la tormenta podrían estar atrapados allí durante días.

Y solo esa idea hizo que le volviera a dar un vuelco el estómago. Frunciendo el ceño, se recordó que ya había sobrevivido a algo que habría destruido a la mayoría de la gente. Podría sobrevivir a unos cuantos días encerrada con Sean.

Asintiendo en silencio para sí, se apartó del fuego para ir a buscar más leña. En ese momento, Sean entró en la habitación cargado de leños.

–Échalos al fuego –dijo ella agitando una mano–. Saldré a por más.

–Iré yo. Puedo cargar con más y eso supone hacer menos viajes.

Kate quiso discutir, pero Sean tenía razón.

–De acuerdo. Tengo provisiones de emergencia en mi camioneta. Iré a por ellas mientras tú traes la leña. Trae mucha. Será una noche larga y fría.

–Está bien –se detuvo–. ¿Qué clase de provisiones?

–Mantas, linternas, cafetera… lo esencial.

Él esbozó una amplia sonrisa.

–¿Café? Ya nos vamos entendiendo. Ahora mismo pagaría cien dólares por una taza de café.

¿Por qué tenía que sonreír? ¿Por qué esa sonrisa tenía que iluminar todos sus rasgos, resplandecer en sus ojos y hacer que le fallaran los nervios peligrosamente? Toda esa aventura resultaría mucho más sencilla si pudiera odiarlo. ¡Mierda!

–¿Cien dólares por un café? Vendido.

Él alzó las cejas y esa pícara curva de su boca se acentuó.

–¿Sí? Bueno, pues te lo tendré que dejar a deber, porque no llevo esa cantidad en metálico encima.

Ese hombre desprendía demasiado encanto; tanto que le robó el aliento.

–De acuerdo. Te enviaré una factura.

–No hay problema –se puso serio de pronto, aunque el brillo de sus ojos no se disipó–. Solucionaremos nuestros asuntos antes de que vuelva a California. Dalo por hecho.

¡Ay, Dios! Kate lo vio marcharse y salió a la puerta delantera mientras se echaba una reprimenda. No se podía creer cómo se había dejado impresionar tanto por esa sonrisa. Sinceramente, le había resultado irresistible mientras se quejaba por la nieve, pero un Sean Ryan sonriente era aún más peligroso.

Agradeció el golpe de frío. Si había algo que pudiera extinguir un fuego interior, eso era el inverno de Wyoming. Pero incluso mientras lo pensaba, tuvo que admitir que la atracción seguía bullendo en su interior.

Corrió hasta donde había dejado la camioneta. La

nieve ya estaba llenando la plataforma y acumulándose en los neumáticos. Si lo dejaba ahí, para cuando terminara la tormenta, Sean y ella tendrían que sacarlo de la tierra. Se metió dentro, arrancó el motor y bordeó el viejo hotel en dirección hacia el garaje para cuatro coches que había detrás. Tuvo que saltar a la nieve de nuevo para abrir la puerta, pero una vez tuvo el vehículo aparcado, se sintió aliviada.

Abrió la caja de metal situada en un lateral de la plataforma y sacó su kit de provisiones de emergencias. Una gran caja de plástico y un saco de dormir con dos mantas que siempre llevaba ahí por si se quedaba atrapada por la nieve.

Salió del garaje, cerró la puerta y se detuvo un momento para levantar la mirada hacia el hotel. Sean ya no estaba en el porche, lo cual significaba que estaría dentro, junto al fuego. Haberse quedado atrapada sola daría algo de miedo. Haberse quedado atrapada con Sean resultaba aterrador.

Pero no, no era su seguridad lo que le preocupaba. Más bien le preocupaba su cordura.

Ese trabajo para Celtic Knot supondría un empujón para su empresa de construcción que los ayudaría a mantenerse durante los próximos años, así que era imperativo que controlara las hormonas, que insistían en revolucionarse cada vez que Sean estaba cerca. No se podía permitir ceder ante lo que le pedía el cuerpo. Una aventura con Sean era algo demasiado arriesgado. Hacía más de dos años que no estaba con un hombre y en ese tiempo había logrado convencerse de que cualquier necesidad o deseo sexual que hubiera podido tener había muerto con su marido, Sam. Por ello ahora resultaba desalentador tener que admitir, aunque solo fuera para sí, que su teoría se había ido al traste en el momento en que Sean Ryan había hecho acto de presencia en su vida.

Volvió a mirar hacia el hotel, donde la luz del fuego danzaba y brillaba tras la ventana. Apenas había entrado la tarde y ya estaba oscureciendo.

El muro de nieve que se estaba levantando junto al hotel era denso, lo cual indicaba que se trataba de una tormenta grande. Sean y ella podrían estar allí atrapados durante días.

¿No resultaba extraño que esa situación pudiera enfurecerla y excitarla al mismo tiempo?

Capítulo Dos

Dentro, el fuego ya estaba calentando la amplia habitación. La luz de las llamas destelló por el rostro de Sean cuando se agachó para añadir otro leño, y tras girarse para mirarla, Kate se quedó sin aliento. El fuego y la luz que ardían en los ojos de Sean la atravesaron también a ella y se colaron en su interior.

En el aire se palpaba la tensión, y cuando ella ya no lo pudo soportar más, rompió el silencio diciendo:

–Si traes una carga más de madera, tendremos para mañana.

–Sí –él se puso derecho lentamente y se metió las manos en los bolsillos traseros. Asintiendo hacia la montaña de suministros que Kate tenía junto a sus pies, añadió–: Llevas encima muchas provisiones.

–Prefiero estar preparada antes que morir congelada. Nunca se sabe cuándo no te va a arrancar el coche, cuándo se te va a pinchar una rueda o cuándo vas a caer en una zanja porque has resbalado con el hielo…

–O cuándo te vas a quedar atrapado por una tormenta.

–Exacto –con la punta de la bota empujó el saco de dormir lo acercó a las dos mantas de lana–. Mantas para mantener el calor y en la caja tengo una linterna que funciona a pilas, barritas energéticas, chocolate y café…

–Ahí está otra vez la palabra mágica –dijo Sean esbozando una media sonrisa.

—Por fin algo en lo que estamos de acuerdo –respondió Kate con una reticente sonrisa.

Cuando Sean sonrió más ampliamente, a ella se le aceleró el corazón.

—Sí, hemos pasado una semana interesante, ¿no crees?

—Es una forma de expresarlo –Kate suspiró, se agachó y abrió la caja para sacar la vieja cafetera y la bolsa de café–. Me has discutido cada una de las sugerencias que he hecho sobre este lugar.

—Es mi lugar. Son mis decisiones.

Nunca había tenido un cliente que se lo discutiera todo. Normalmente, a Kate no le importaba intentar incorporar los deseos de un cliente al trabajo, pero también sabía qué era posible y qué no lo era. Sean, por el contrario, no contemplaba que algo fuera imposible.

—Es mi cuadrilla. Es mi trabajo –le contestó.

—Y ya estamos otra vez –apuntó Sean sacudiendo la cabeza–. Sí, tú eres la encargada de hacer el trabajo, pero lo vas a hacer como yo quiera.

—Incluso aunque te equivoques.

Él apretó los labios.

—Si lo quiero, no me equivoco.

—No sabes nada de construcción –le respondió Kate, aun sabiendo que era inútil. En las manos sujetaba la cafetera y la bolsa de café. Ese hombre tenía la cabeza más dura que una piedra.

Él se sacó las manos de los bolsillos, se cruzó de brazos y la miró con paciencia y resignación.

—¿Y cuánto sabes tú de videojuegos, en concreto de Forest Run?

—De acuerdo. No mucho –era una discusión que ya habían tenido en varias ocasiones; Kate sabía que no llegarían a solucionar nada y que tendría que volver a admitir que él tenía razón.

—O nada.

—Muy bien. Nada —respondió a la defensiva, tal vez demasiado, pero no pudo contenerse—. Estoy demasiado ocupada como para malgastar mi tiempo jugando a videojuegos.

—Por suerte hay unos cuantos cientos de millones de personas en el mundo que no piensan igual —contestó él ofendido.

—Tienes razón —dijo ella, aunque esas palabras le quemaron la lengua y estuvieron a punto de ahogarla—. No sé qué querrían encontrar unos jugadores en un hotel diseñado especialmente para ellos.

Él asintió con gesto casi majestuoso.

—Pero —añadió Kate— tú no sabes nada de construcción. No sabes qué se puede o qué no se puede hacer y, lo más importante, no sabes qué se debe o qué no se debe hacer. Me has contratado porque soy una profesional. Cuando te digo que algo es un muro de carga, no lo digo porque quiera negarte el «espacio abierto para reproducir las salas de reunión del hechicero». Lo digo porque si derribo ese muro, se desestabiliza el edificio entero.

Él abrió la boca como si quiera empezar a discutir, pero lo único que dijo fue:

—Tienes razón.

—Gracias, eso creía.

Sean esbozó una fugaz sonrisa.

—Eres la mujer más testaruda que he conocido en mi vida.

Kate respiró hondo. Sean Ryan era la única persona que lograba despertar su lado más polémico. Por norma encontraba el modo de relacionarse con los clientes con paciencia y sensatez, pero ese hombre la provocaba y ella se veía defendiendo su posición y no cediendo nunca, lo cual no era modo de hacer un trabajo. Y menos ese trabajo. Iba a tener que aprender a tratar con Sean Ryan de un modo sosegado y racional, y había llegado la hora de empezar a hacerlo.

–De acuerdo, supongo que tú también tienes razón.

Sorprendido con la respuesta, él enarcó las cejas y sus ojos reflejaron diversión.

¿Por qué tenía que resultarle simpático además de irritante? Algo en ella se revolvió y tuvo que respirar aire profundamente para calmarse. Desde que Sam había muerto había estado tan sola, tan aislada, que sentirse así de atraída por un hombre le resultaba asombroso y le ponía algo nerviosa. Pero lo único que tenía que hacer era esperar a que pasara la tormenta; sobrevivir al hecho de estar atrapada con Sean Ryan hasta poder verlo subirse a su avión privado rumbo al lugar al que pertenecía. Después, todo volvería a la normalidad y podría olvidar cómo la hacía sentir ese hombre.

–¿Por qué no traes más leña mientras yo preparo el café?

Kate alzó la cafetera y la bolsa de café como si fueran trofeos.

–El gas está encendido. Solo tengo que encender un quemador y podremos usar la cocina.

–Eres una diosa –dijo él con toque dramático.

–Se te impresiona con facilidad.

–No mucho –le respondió Sean guiñándole un ojo.

Le había guiñado un ojo, pensó mientras iba a la cocina. ¿Por qué tenía que ser tan encantador? ¿Sería algún truco del destino, que le había enviado a un hombre como él cuando menos lo quería?

Mascullando para sí, llenó un cazo de agua y usó una cerilla para encender uno de los quemadores. Mientras esperaba a que hirviera, fue a la despensa para echar un vistazo a las provisiones que su cuadrilla y ella habían dejado allí durante la semana anterior.

En obras normales, tenían una nevera llena de comida, tentempiés y los almuerzos de los chicos, pero las obras del hotel eran distintas. Estarían trabajando allí mucho tiempo y a horas intempestivas, así que prácticamente habían invadido la cocina para almacenar suministros de más, incluyendo platos de papel, vasos, toallas e incluso cubiertos de plástico.

Sonriendo para sí, miró los tentempiés y se dio cuenta de que podía adivinar quién los había comprado. Andy era adicta a los Cheetos y Paco siempre llevaba encima nachos de maíz. Después estaban las Oreo de Jack y las galletas de mantequilla de cacahuete de Dave. Kate había llevado chocolate, bolsas de té y las Pop-Tarts, que nunca le podían faltar, de azúcar moreno y canela, por supuesto.

—No es un restaurante de cinco estrellas exactamente —murmuró—, pero no nos moriremos de hambre.

—¿Sí? —preguntó Sean justo tras ella, y Kate se sobresaltó al oírlo. Él ignoró su reacción—. ¿Qué tenemos?

Kate se apartó, obligándolo a retroceder.

—Queso y galletitas saladas. Patatas fritas y galletas dulces. Todo lo que probablemente no se debería comer —lo miró—. A mi cuadrilla le gusta la comida basura.

—¿Y quién puede culparlos?

Esbozando una breve sonrisa, Kate cerró la puerta de la despensa y abrió la nevera.

–Aquí hay más cosas. La tormenta no ha cortado la corriente todavía, menos mal. Bueno, tenemos montones de barritas de queso y además hay tres sándwiches de ayer. Unos cuantos huevos cocidos, gracias a Tracy, y un poco de ensalada de macarrones.

Él frunció el ceño y dijo:

–Cuando ayer compramos el almuerzo para todos, había un sándwich para cada uno. No me esperaba que quedara alguno.

–En condiciones normales, tendrías razón. Las cuadrillas suelen ser como las langostas, se comen cualquier cosa comestible, sobre todo si no lo tienen que comprar ellos –dijo con una sonrisa de afecto por la gente con la que trabajaba a diario–. Pero por suerte para nosotros, Lilah y Raul están a dieta y no se comieron los suyos, y Frank se marchó pronto porque su mujer se puso de parto. Así que tenemos comida.

–Había olvidado que la mujer de Frank iba a tener un bebé –dijo Sean apoyándose en la encimera–. ¿Qué ha sido? ¿Niño o niña?

–Una niña –Kate no pudo dejar de sonreír al recordar la llamada de Frank la noche anterior–. Está emocionado. Ya tienen cuatro hijos y esta vez estaba deseando una niña.

–¿Cinco hijos? –preguntó Sean antes de silbar–. ¿Están locos?

Parecía tan conmocionado ante la idea que Kate se sintió ofendida.

–No, no están locos. Les encantan los niños.

–Más les vale –murmuró Sean mientras se estremecía con un escalofrío.

–Vaya, parece que solo pensar en la familia te pone enfermo.

Algo se iluminó en los ojos de Sean, una sombra, y después se esfumó tan rápido que Kate no estuvo segura del todo de haberla visto.

–No, simplemente no tengo ningún interés en tener un hijo.

–Así que no tienes deseos de ser padre –dijo algo decepcionada y pensando que era un rasgo más del hombre con el que tendría que tratar durante meses.

–¡No, por favor! –sacudió la cabeza y soltó una carcajada–. No me veo de padre. Tal vez a mi hermano sí me lo imagino, pero a mí no.

Aunque él estaba quitándole importancia al asunto, Kate recordó esa sombra en su mirada y se preguntó qué la habría causado. Movida por la curiosidad, no pudo evitar preguntar:

–¿Por qué?

Sean suspiró, se cruzó de brazos y dijo:

–Me gusta tener mi propio espacio y hacer las cosas a mi tiempo. Tener que renunciar a todo eso por la presencia de alguien más no me atrae.

–Suena algo egoísta.

–Totalmente –respondió Sean afablemente–. ¿Y tú? Si tanto te gustan los niños, ¿por qué no tienes tres o cuatro?

Kate se quedó impactada por un momento y esperó que él no se hubiera fijado. No quería hablarle a Sean ni de su difunto marido ni de los sueños de formar una familia que habían compartido.

–Simplemente las cosas no han salido así.

–Oye –Sean se acercó y bajó la voz–. ¿Estás bien?

–Muy bien –respondió, y alzó la barbilla ofreciéndole una sonrisa que esperaba que resultara brillante en lugar de amarga.

Ese era un recordatorio más de las diferencias que había entre ellos. El playboy multimillonario creía que tener una familia era como estar encadenado en una jaula, mientras que formar una familia era lo que Kate siempre había querido. Había estado a punto de cumplir el sueño completo: un hogar, un marido, hijos... Pero se lo habían arrebatado y ahora se había quedado sola, con los inquietantes pensamientos de lo que podía haber sido y no fue.

Era algo que seguro que Sean no entendería, y eso a ella no le debía importar, ¿verdad?

–Bueno –dijo Kate–, tendremos suficiente comida para varios días si tenemos cuidado.

–Sí –él aceptó el cambio de conversación–. ¿Tenemos suficiente café?

«Tenemos». Ahora formaban un equipo inverosímil. Mientras durara la tormenta, serían «nosotros» y tenía que admitir que, a pesar de todo, agradecía no haberse quedado atrapada allí sola por mucho que eso significara que iban a pasar demasiado tiempo juntos.

Pero, de momento, lo primero era ocuparse de su adicción compartida a la cafeína.

–Estoy en ello.

Ya que el agua estaba hirviendo, la vertió con mucho cuidado en el filtro de la cafetera de viaje. Sentía a Sean observándola. Qué extraño, pensó, que la mirada de ese hombre pudiera resultar tan tangible como una caricia. Y más extraño todavía y estúpido era que de pronto estuviera deseando que la tocara.

Por el amor de Dios, ¿no acababa de recordarse lo distintos que eran? No podía olvidar que estaba en su vida de paso, temporalmente; y eso sin mencionar que era su cliente y, por lo tanto, su jefe. Sin embargo, era innegable que había algo entre los dos. Era peligroso. Ridículo. ¡Pero tan tentador!

Sobre el sonido del viento que parecía aullar fuera, Kate escuchaba el agua caer en la cafetera a través del filtro. Un rico y oscuro aroma llenaba el aire y tras ella Sean inhaló profundamente y dejó escapar un suspiro.

–¡Qué bien huele!

–Sí –respondió Kate al verter más agua por el filtro.

Al instante, mientras el café goteaba en el depósito, fue a la despensa y sacó dos tazas. Le dio una a Sean y se giró para servir el café, que ya estaba listo. El primer sorbo pareció calmarle la mente un poco.

Apoyada en la encimera, se giró para mirar por la ventana que había sobre la pila. Era una ventana en saliente con mucho espacio donde plantar hierbas frescas. Ahora mismo todo estaba vacío, pero Kate ya se podía imaginar cómo quedarían la ventana y el resto del hotel una vez la cuadrilla hubiera terminado las obras. Aun así, fue lo que sucedía tras la ventana lo que captó su atención.

La nieve caía tan rápidamente y tan densa, revoloteando en un viento que golpeaba los cristales, que apenas podía ver más allá del jardín, donde el lago se extendía por los pies de la montaña y el bosque no era más que un borrón de oscuridad en un mundo colmado de blanco.

–¿Esto sucede a menudo? –preguntó Sean al acercarse.

Le rozó el brazo con el suyo y Kate tomó aire para calmarse.

–Con bastante frecuencia –respondió, decidida a controlar esa sensación ardiente y deliciosa que le palpitaba por dentro–. Pregunta a cualquiera y te lo dirán.

Si no te gusta el clima de Wyoming, espera cinco minutos. Cambiará.

–¿Así que dentro de cinco minutos estará brillando el sol y la nieve se habrá derretido?

Kate no pudo evitar reírse al oírlo hablar con un tono tan esperanzado.

–No lo creo. Esta parece de las grandes. Supongo que estaremos atrapados un par de días. O tal vez más.

Él suspiró, asintió y la miró.

–Al menos nos tenemos el uno al otro.

Y ese era el problema, se dijo Kate.

Decidieron racionar la comida que tenían y, así, una hora más tarde estaban compartiendo un sándwich y unas cuantas galletas saladas. Sentados frente al fuego, con el viento y la nieve acribillando las ventanas, Sean miró a Kate. Habían acercado el viejo sofá de cuero a la chimenea y cada uno ocupaba una esquina.

Kate miraba al fuego, cuyo brillo se reflejaba en su rostro y en su pelo. Tenía la mirada clavada en las llamas, como temerosa de desviarla. Sean sabía que se sentía nerviosa junto a él y le gustaba saberlo porque eso hacía que su propia inquietud resultara un poco más fácil de asimilar.

Frunció para sí al pensar en ello. No se había sentido «inquieto» al lado de una mujer desde el primer curso del instituto, cuando había besado a Dana Foster, con su cabello rojo, ojos verdes y aquella amplia sonrisa, y ese beso le había abierto un mundo de maravillas, de belleza y de deseo que había seguido disfrutando desde entonces.

Las mujeres que habían pasado por su vida habían

ido y venido, prácticamente desapercibidas, a excepción de una que sí lo había dejado marcado, que lo había cambiado. Pero no se permitía pensar en ella ni en lo que había sucedido entre los dos. Era una historia perteneciente al pasado que no tenía nada que ver ni con qué ni con quién él era hoy.

Ahora estaba Kate y lo que le provocaba se parecía mucho a lo que le había provocado esa mujer hacía tanto tiempo. Admitirlo le preocupaba y era como una especie de alarma, de advertencia. Kate le hacía sentirse casi desesperado por tenerla, y aunque su cuerpo le clamaba que se lanzara, esas señales de aviso seguían resonándole en la cabeza, diciéndole que mantuviera las distancias y se alejara de ella lo más rápido posible. Sin embargo, gracias a la tormenta de nieve, eso no sucedería.

Había evitado cualquier tipo de relaciones amorosas durante años y no buscaba una ahora, pero deseaba a Kate. Tanto que no dejaba de pensar en ella en todo el día. Cuando estaba con ella, se sentía tenso y excitado, y cuanto más tiempo pasaba con ella, más empeoraba. Ese deseo le removía por dentro, le exigía que lo liberara, pero acostarse con ella solo complicaría las cosas y Sean era un hombre al que no le gustaban las complicaciones.

Su vida habría sido mucho más sencilla si hubiera podido escapar de Wyoming y haber puesto miles de kilómetros entre los dos. Pero ya que eso no iba a suceder, tenía que encontrar un modo de sobrevivir a esa cercanía forzosa.

–¿Por qué me estás mirando?

–Solo pensaba.

–Eso sí que me preocupa –respondió ella con una media sonrisa–. ¿Y en qué pensabas?

Ya que no iba a decirle la verdad, no iba a decirle que estaba pensando en cuánto tardaría en desnudarla, dijo algo a lo que llevaba tiempo dándole vueltas.

–Me estaba preguntando cómo te hiciste contratista.

Ella frunció el ceño y Sean tuvo la sensación de que no se había creído la respuesta. Sin embargo, se encogió de hombros y contestó.

–Mi padre es la respuesta más sencilla –respondió Kate mirando de nuevo al fuego–. Es un gran carpintero. Abrió su negocio cuando yo era una niña –sonrió al recordarlo y Sean vio cómo se le relajó la expresión–. Trabajaba para él en verano, y su cuadrilla y él me enseñaron todo lo que sé de construcción.

–Es curioso, yo también trabajaba para mi padre en verano –dijo Sean recordando cómo intentaba escaparse del trabajo para poder ir a hacer surf.

–¿A qué se dedica tu padre?

–Es abogado –respondió Sean–. Quería que mi hermano y yo fuéramos a la facultad de Derecho y que nos uniéramos a su bufete.

–¿No te interesaba ser abogado?

–No. Cuando trabajabas para tu padre, estabas al aire libre, ¿verdad?

–Normalmente sí.

–Yo no. Mi padre nos tenía deshaciéndonos de documentos antiguos, barriendo, y haciendo cosas así –sacudió la cabeza–. Odiaba estar encerrado allí, así que me prometí que encontraría un trabajo donde pudiera salir e ir a hacer surf siempre que quisiera.

Ella se rio.

–Imagino que no habrá muchos jefes que den descansos para ir a surfear.

–No –sonrió y añadió–: Razón de más por la que

31

me gusta ser mi propio jefe. Imagino que sabrás a lo que me refiero.

–Sí.

Se produjo un momento de silencio interrumpido únicamente por el crepitar del fuego. Resultaba casi agradable. Era la primera vez desde que conocía a Kate Wells que habían pasado tanto tiempo sin discutir, y le sorprendió cuánto lo estaba disfrutando.

–¿Y quién se ocupará de todo mientras estás aquí atrapada?

–Con una tormenta así de fuerte, los chicos se refugiarán en sus casas y se tomarán unos días de descanso.

La habitación estaba inundada de sombras que se movían y cambiaban con la titilante luz.

–En cuanto cese la nieve y se despejen las carreteras, empezaremos con la reforma. La estructura es sólida, pero necesita un poco de reparación en el tejado y hay que cambiar algunas de las barandillas del porche. De momento trabajaremos en el interior, por supuesto, y nos ocuparemos del exterior cuando por fin llegue la primavera…

–Y ya estamos otra vez hablando de trabajo –la interrumpió Sean. Se había fijado en que cada vez que la conversación tomaba un cariz personal, ella se desviaba y volvía a hablar de trabajo.

–Esta vez es culpa tuya. Además, el trabajo es el motivo por el que estamos aquí.

–No –contestó él señalando la ventana–. La nieve es el motivo por el que estamos aquí. Ya hemos hablado bastante de trabajo por hoy.

–Bueno, ¿y de qué quieres hablar? –le preguntó Kate con brusquedad.

–¿Quién dice que quiera hablar de algo? –contestó él con una lenta sonrisa.

Ella se tensó y su expresión se enfrío. La reticencia de esa mujer a admitir que había algo entre los dos no hacía más que intrigarlo y atraerlo aún más.

Así que tal vez el secreto para sobrevivir a estar atrapado con Kate era dar rienda suelta al deseo y a esa química sexual. Si intentaban ignorarlo, los siguientes días serían un infierno.

—Pues eso no va a pasar.

—Nunca digas nunca. Estamos aquí atrapados y yo soy tremendamente encantador.

A Kate se le escapó una breve sonrisa.

—Creo que podré controlarme.

—Eso ya lo veremos.

Él era un hombre al que le encantaban los retos, y Kate Wells, sin duda, era todo un reto.

—Bueno, creo que iré a por más leña —Kate se levantó del sofá y lo miró.

—Creía que teníamos suficiente —miró la pila de leños que había colocado junto a la chimenea.

—Nunca se tiene demasiada —contestó ella poniéndose la cazadora.

Kate intentaba recuperar algo de espacio, marcar las distancias, pero él no se lo permitiría.

—Ya voy yo.

—Puedo hacerlo —le respondió Kate antes de marcharse.

Farfullando para sí mientras pensaba en lo testarudas que eran algunas mujeres, Sean agarró la cazadora y la siguió. Salió al porche a tiempo de ver a Kate levantando varios leños.

—Déjame a mí.

—Te he dicho que no necesito ayuda.

Sean se le acercó, pero justo en ese momento ella

se giró y lo golpeó accidentalmente con el codo en el pecho. Él dio un paso atrás, resbaló y cayó hacia atrás sin poder evitarlo. La nieve amortiguó la caída y lo envolvió como si hubiera caído en una nube. Se quedó tendido boca arriba, mirando hacia el cielo gris acero y viendo cómo caía la nieve.

–¡Ay! ¿Estás bien? –Kate soltó la leña y le tendió una mano–. ¡No sabía que estabas detrás, de verdad!

Sean se limitó a mirarla. La nieve caía sobre su cabello, sus pestañas y el cuello de su cazadora. Agarró la mano que le había tendido, pero en lugar de servirse de ella para levantarse del suelo, tiró con fuerza de Kate, que gritó al caer justo encima de él e inmediatamente intentó levantarse. Pero Sean no tenía prisa por soltarla; sentir su cuerpo sobre el suyo lo hacía sentirse demasiado bien.

–¿A qué viene tanta prisa? –le preguntó con la boca a escasos centímetros de la suya.

–Está helando.

–Pues acurrúcate y nos daremos calor mutuamente.

Capítulo Tres

–Estás loco –le contestó Kate sacudiendo la cabeza. La nieve no dejaba de caer a su alrededor y se le acumulaba en las pestañas y las mejillas a Sean.

–Y soy encantador. No te olvides de que, además de estar loco, soy encantador.

–Ya, claro –respondió ella riéndose. Maldita sea, sí que lo era–. Muy encantador por haberme tirado a la nieve.

Él sonrió.

–Has empezado tú.

Cierto. Y ahora estaba tumbada encima de él, lo cual no lamentaba del todo.

–Estás disfrutando con esto, ¿verdad?

Cuando Sean le deslizó una mano por la espalda, ella abrió los ojos de par en par, como alerta.

–Sí. Creo que sí.

–Como he dicho, estás loco.

–Bésame y nos levantaremos de la nieve.

Besar a Sean Ryan no era buena idea, pero ¡cuánto la tentaba hacerlo! Tanto, que sabía que cedería si no hacía algo.

–Voy a entrar ya –le dijo mientras intentaba apartarlo para levantarse.

Sean la agarraba con fuerza.

–Un beso. Vamos a ver si podemos derretir toda esta nieve.

Ella lo miró a la boca y después levantó la mirada hacia sus ojos. Jamás se había visto tan tentada a hacer algo. No, no era una virgen tímida, era una viuda. Y el hombre al que había amado y con el que había estado casada no se parecía en nada a Sean.

Sam Wells había sido un hombre dulce, amable y de voz suave. Un hombre tranquilo y tolerante, siempre con una sonrisa y con un carácter tierno. Kate no estaba acostumbrada a tratar con un hombre que lucía la arrogancia y la seguridad en sí mismo como si fueran una segunda piel, y no podía entender cómo lo encontraba tan… atractivo.

Pero entonces, mientras estaba inmersa en sus pensamientos y desprevenida, Sean la acercó más a sí y la besó.

¡Cuánto calor! Le extrañó que la nieve sobre la que estaban tendidos no se hubiera fundido.

Mientras su cuerpo se encendía como una señal de neón, se sintió alarmada. ¿Nieve fundida? Si seguía así, Sean sería capaz hasta de fundirle los huesos.

«Apártate», se dijo. «Detén esto ahora». Pero no iba a detenerse y lo sabía. Hacía tanto, tanto tiempo, que no la besaban que por eso estaba reaccionando de ese modo tan salvaje a la caricia de Sean. Sí, seguro que era solo por eso. Era simplemente una necesidad biológica que llevaba dos años desatendiendo.

Pero cuando la lengua de Sean se entrelazó con la suya, tuvo que admitir que sin duda era el hombre en sí el que le estaba provocando esa reacción. No solo un beso, sino el beso de Sean.

Durante una semana había trabajado con él, discutido con él, y sí, soñado con él. Ahora tenía sus manos encima, su boca devorándole la suya, y solo podía pensar en que quería más. No era propio de ella y no tenía la más mínima idea de qué hacer o cómo manejar la situación.

Él se apartó, la miró como si acabara de caer del cielo desde Marte y sacudió la cabeza.

–¡Vaya! Si hubiera sabido cómo era besarte, lo habría hecho hace una semana.

Mirando sus ojos azules, ella respondió sin poder evitarlo:

–Y tal vez yo te habría dejado.

Él alzó una comisura de esa fabulosa boca.

–¿Tal vez?

Dado que Sean ya se tenía en demasiada estima, Kate no tenía ninguna intención de alimentar un ego lo suficientemente fuerte como para abastecer a tres hombres.

–Creo que ya hemos pasado del «tal vez», Kate –le respondió acariciándole el cuello.

Ante la necesidad de ronronear en reacción a la caricia, Kate retrocedió y negó con la cabeza.

–No, no vamos a hacerlo.

–Aquí no, claro. Moriríamos congelados.

Pero Kate no moriría de frío. No, tal como se sentía ahora. A pesar del frío, de la nieve y del gélido viento, ella solo sentía calor. Y ese era el problema. Decidida a poner distancia entre los dos, se levantó. Sean hizo lo mismo, pero la agarró del codo.

–¿Vas a actuar como si no hubiera pasado nada?

–Ha sido un beso, Sean. Nada más –Kate se apartó, se quitó la cinta del pelo y lo sacudió hasta que le cayó sobre los hombros.

–Un beso alucinante, Kate.

Ella aún sentía sus dedos a través de la cazadora y

del jersey, como si estuviera tocando su piel desnuda. ¿Cómo sería que la tocara de verdad? «Oh, no pienses en eso… ».

–Kate…

–Tenemos que ir a por más leña.

–Yo no la necesito, ya estoy bastante caliente –respondió él esbozando una sonrisa y enarcando las cejas.

Kate resopló.

–Muy gracioso.

Sean sonrió.

–Ya te he dicho que soy encantador.

–Pues no deberías desperdiciar tu encanto conmigo.

–¿Quién dice que sea un desperdicio?

Kate suspiró, ladeó la cabeza y lo miró.

–¿Por qué haces esto?

–Los dos lo estamos haciendo, Kate.

Sean se acercó y le puso las manos en los hombros, y aunque ella sabía que debía apartarse, no lo hizo. Ese calor era demasiado irresistible. Demasiado fascinante.

En ese mundo de hielo parecía como si fueran las dos únicas personas con vida. Como si más allá del hotel no existiera nada. Como si nada más importara. Lo miró, miró esos ojos azules, y sintió cómo su fuerza de voluntad se debilitaba.

–Bueno, ¿entonces cómo va a ser esto? –le preguntó Sean mientras le rodeaba la cara con las manos. El frío de sus manos le traspasó la piel y fue devorado por el fuego que le ardía dentro–. ¿Nos vamos a pasar los próximos días fingiendo que no está pasando nada entre los dos?

–Es la opción más segura.

–¿Siempre vas a lo seguro?

Sí. Había vivido la mayor parte de su vida intentando mantenerse segura, a salvo. Su madre había muerto en un accidente de coche cuando ella era pequeña y eso la había marcado. Siempre se abrochaba el cinturón de seguridad y conducía a la velocidad permitida. La seguridad y la precaución en todos los ámbitos eran primordiales. En todo, desde conducir hasta controlar su talonario de cheques y echar sal en los escalones durante el invierno. Ella no corría riesgos. Siempre tenía cuidado, siempre estaba vigilante. Y lo más inteligente ahora sería seguir manteniéndose segura y alejarse de lo que sentía cuando estaba con Sean.

Pero mientras se estaba dando ese excelente consejo, él agachó la cabeza y la besó. Una vez. Dos. Tenía una boca tan suave y una forma de besar tan tierna que se vio perdida. Cuando terminó, dejándola sin aliento y aturdida, volvió a mirarla.

Kate tragó saliva y dijo:

—Mantenerse seguro es lo más inteligente.

—Pues sé un poco tonta.

Ella no se veía capaz de dejar de mirar esa mirada cálida y llena de determinación.

—Creo que lo voy a hacer.

Sean volvió a besarla y, en esa ocasión, la ternura se vio devorada por un codicioso deseo que llevaba días tomando forma. Incluso a través de las gruesas capas de jerséis y cazadoras que llevaban, sintió ese torso duro y musculado contra ella y todo en su interior se encendió.

Se aferró a los hombros de Sean mientras él la rodeaba por la cintura y la abrazaba con fuerza. A pesar de que la nieve casi les llegaba a las rodillas, no sentía frío. Sus bocas se fundían entre sí, su aliento la llenaba, sus lenguas se entrelazaban y ella sintió que el fuego que ya ardía en su interior se avivó con fuerza.

–Vamos dentro. Aquí fuera nos vamos a morir de frío.

–Yo no tengo tanto frío –contestó ella relamiéndose los labios como saboreándolo.

–Pues me voy a asegurar de que sigas así.

Rodeándola con un brazo, la llevó hasta el interior del hotel y cerró la puerta. Dejaron atrás el viento, la nieve y el frío; ahora solo estaban ellos dos.

De pronto nerviosa, Kate empezó a reflexionar. El cuerpo le ardía y todas sus hormonas parecían estar bailando un chachachá, pero había recobrado el sentido en el momento en que él había dejado de besarla.

–No, de eso nada –dijo Sean acorralándola contra la encimera.

–¿Qué?

–Estás pensando demasiado. Te está empezando a preocupar que vayamos a cometer un error.

–¿Es que ahora lees la mente? –le preguntó Kate intentando ignorar cómo le latía el corazón.

Sean se rio.

–Leerte la mente no resulta muy complicado ahora mismo. Te atrae la situación, pero no quieres que pase.

–Podría decir lo mismo de ti –replicó ella en su propia defensa.

–Sí, podrías. La diferencia es que yo no tiendo a negarme a mí mismo, y tú pareces una experta haciéndolo.

–Estoy de acuerdo con la primera parte de esa frase. Pareces ser la clase de persona que se concede caprichos siempre que le apetece.

–¿Y por qué no? El universo no te premia por ser estoico y engañarte a ti mismo para convencerte de que no quieres algo que podría ser increíble.

Kate sintió ganas de sonreír. Ese hombre era la arrogancia personificada.

–¿Tan seguro estás de que sería increíble?

Él sonrió y se le acercó hasta que sus bocas estuvieron casi pegadas.

–¿Tú no?

Cuando unos copos de nieve que tenía en el cuello de la cazadora se le colaron por dentro y descendieron por su espalda, se dijo que el escalofrío que había sentido lo había provocado el frío y no el calor que iluminaba los ojos de Sean.

–Esto es una locura –murmuró mirándolo a los ojos y luego a la boca.

–Soy un gran fan de la locura –le susurró.

–Claro, cómo no –contestó Kate con una carcajada entrecortada.

Acostarse con Sean sería un error. Un error enorme. Pero si dejaba pasar la oportunidad que el destino le había tendido, ¿no sería también un error? ¿No tendría que vivir con ese pesar durante el resto de su vida?

Llevaba tan desconectada de todo durante los dos últimos dos años que nunca había sentido ni la más mínima atracción por otro hombre, pero lo que sentía por Sean estaba a años luz de una «mínima atracción», lo cual también podría ser un problema. Sentir demasiado era una invitación al dolor, y ella ya había sufrido demasiado. Debía protegerse.

Por supuesto, el sexo sin amor no iba con ella, pero, por otro lado, ya había encontrado y perdido el amor y no esperaba volver a tenerlo. Así que a menos que quisiera pasarse la vida entera como si estuviera encerrada en un monasterio, tendría que aceptar que las cosas habían cambiado y tendría que conformarse con sentir solo afecto. Porque al mirarlo a los ojos tuvo que admitir que, por mucho que Sean la enfurecía y molestaba, le caía bien. Le gustaba, ¡cómo no! Era difícil que un hombre así no te gustara. Sí, sin duda era tan encantador como decía ser y, además, no escatimaba en los gastos de construcción, era justo con sus empleados e incluso cuando discutía con ella, lograba hacerla reír.

Era complicado resistirse a un hombre así y, aunque llevaba la última semana intentándolo, ya se daba por rendida. Respiró hondo y suspiró. Si iba a equivocarse, prefería que fuera por haber tomado una decisión y no por un error de omisión.

–Bueno, Kate –murmuró él apartándole la cazadora para deslizar los dedos bajo sus pechos–. ¿Vamos a volvernos locos juntos o vamos a sentirnos tristes y solos separados?

Ella se estremeció otra vez, devorada por el calor. Cerró los ojos brevemente y cuando los abrió, Sean estaba allí, mirándola, buscando una respuesta.

Levantó una mano, le rodeó la cara con ella y lo acercó a sí.

–Locos –susurró–. Voto por que nos volvamos locos.

–Gracias a Dios.

Y la besó.

Todo el cuerpo de Kate se encendió en una explosión de luz, color y calor. Lo rodeó por el cuello y lo acercó más a sí. Ahora que había abierto las esclusas de unos deseos contenidos desde hacía tiempo, no pudo más que seguir la corriente que la invadía por dentro. Gimió cuando él le separó los labios con la lengua. Esa danza acelerada y lujuriosa le robó el aliento, le veló la mente y le incendió el cuerpo. Se quitaron las cazadoras y ella lo rodeó por el cuello mientras él la alzaba para situarla sobre la vieja y desgastada encimera. Se situó entre sus muslos y Kate enganchó las piernas alrededor de su cintura.

Se estaban mirando y cuando Sean coló las manos bajo su jersey para cubrirle los pechos a través de la fina tela del sujetador, Kate sintió un intenso calor. Un cosquilleo se apoderó de su vientre y su interior palpitó al ritmo de su corazón. Un desesperado deseo se apoderó de ella, que, sin pensarlo, se lanzó al fuego. Fuera, la nieve caía entre un gélido viento que golpeteaba las ventanas y un postigo abierto. Sin embargo, ninguno de ellos se percató del estruendo.

—A la otra habitación —murmuró él—. Junto al fuego.

—No tengo frío —le aseguró acercándose para recibir otro beso.

Él le concedió el capricho una vez, dos veces, y después se apartó de nuevo.

—No. Te quiero desnuda y aquí tendremos demasiado frío para terminar lo que empecemos.

Tenía razón. La cocina estaba cada vez más fría; fuera estaba oscureciendo y el frío de la nieve se estaba filtrando por las paredes. Y aunque dentro de su cuerpo el calor iba en aumento, la idea de estar junto a Sean frente a las llamas tenía cierto atractivo.

—Es verdad —dijo finalmente—, vamos.

Él la levantó de la encimera y la agarró por las nalgas. Kate lo rodeaba con las piernas por las caderas, aferrada a él mientras la llevaba al salón. En cualquier otro momento, habría objetado a que la llevara en brazos, pero estaba demasiado ocupada disfrutando de la sensación de su duro cuerpo contra ella. Ardiendo y húmeda, el cuerpo le temblaba de excitación. Se movió contra él y Sean tomó aire.

–Como sigas moviéndote así, no vamos a llegar al fuego.

–Aquí ya hay fuego de sobra.

Él la miró y aceleró el paso. Kate sonrió porque sentía lo mismo. «Date prisa, date prisa».

Ahora que había tomado la decisión de estar con él, no quería esperar ni un segundo más. Lo deseaba encima de ella, dentro de ella. Quería que le reclamara eso que solo le había entregado a un único hombre antes que a él.

Un atisbo de culpabilidad la asaltó, pero lo contuvo. Ahora no había espacio para pensar en nadie más, ni en otras vidas ni en otros amores. En ese momento solo estaban ella y Sean.

Sexo. Hacía más de dos años que no estaba con un hombre, y por eso había reaccionado de un modo tan salvaje a las caricias de Sean. Antes, para ella la mejor parte del sexo era lo que venía después, la cercanía, acurrucarse a su marido. Jamás había conocido esa clase de deseo, y ni siquiera se había creído capaz de sentirlo. Ahora, en cambio, tenía que contener el sentimiento de culpa que le producía el hecho de admitir que Sean la estaba haciendo sentir más de lo que lo había hecho su marido. Pero ya pensaría en ello después. De momento, lo único que quería era aplacar el deseo que la devoraba por dentro.

Y fue entones cuando lo supo. No podían hacerlo.

–No, no, espera.

–¡No! –exclamó Sean con un dramático quejido–. Por favor, no me digas que has cambiado de opinión.

–No, no es eso. No tomo la píldora y no tenemos protección…

Ya en el salón, él la puso de pie sobre la alfombra

que había frente al fuego, le sonrió y se sacó la cartera del bolsillo trasero. Dentro llevaba una ristra entera de preservativos con envoltorio dorado.

Ella abrió los ojos de par en par y le sonrió, sacudiendo la cabeza.

–¿Es que eres un adolescente? ¿Llevas preservativos en la cartera?

–Desde que te conocí –le sonrió–, sí.

Le dio los preservativos y se agachó para agarrar el saco de dormir.

–Tú tienes tus provisiones de emergencia y yo las mías.

Kate no sabía si sentirse halagada o preocupada. Lo había planeado; a juzgar por la cantidad de preservativos que llevaba en la cartera, había ido preparado para acostarse con ella en varias ocasiones. Los nervios le revoloteaban por el estómago. Solo había estado con un hombre en toda su vida. Con Sam, su difunto marido. Recordó cómo la excitaban sus besos y sus caricias, cómo la tensión iba en aumento dentro de ella, y ese suave éxtasis que le resultaba gratificante y decepcionante al mismo tiempo.

Y ahora estaba recorriendo el mismo camino con un hombre al que apenas conocía. Tenía que estar loca, decidió. Era la única explicación.

Sean colocó el saco sobre la alfombra y lo desenrolló.

–No es que sea una cama extragrande del hotel Ritz, pero nos servirá.

Ahí estaban otra vez esos nervios, danzándole por la boca del estómago. La luz del fuego se reflejaba sobre el saco y proyectaba sombras alrededor de la habitación. Cuando lo miró, sintió sus dudas y vacilaciones disiparse. Había tomado una decisión y no cambiaría de opinión ahora. Sean tenía razón; habían llegado demasiado lejos como para parar y, lo más importante, Kate no quería parar.

–A mí me sirve.

Ella dejó de lado todo pensamiento y, con entusiasmo, fue a sus brazos. Con el fuego crepitando tras ellos y la calidez invadiendo lentamente la enorme habitación, se quitaron la ropa con desesperación.

Tirados por el suelo estaban los jerséis y el sujetador. Él le cubría los pechos con las manos mientras le acariciaba sus ya tersos pezones cuando Kate se arqueó y gimió ante sus caricias, pidiendo más sin palabras. No pensó en nada, y tampoco podría haberlo hecho aunque hubiera querido. Ahora solo podía sentir. Profundas sensaciones se abrían paso en ella salpicando su torrente sanguíneo como si fueran oro líquido.

Ningún recuerdo que tuviera junto a Sam podría haberla preparado para lo que Sean le estaba haciendo. Nunca había experimentado algo así, nunca había sentido ni su piel crepitar ni tanto fuego en su interior.

–Me haces sentir mucho mejor de lo que me había imaginado –le susurró él aun haciendo magia con sus dedos sobre sus pechos.

–Yo me siento genial –respondió ella quitándole la camiseta negra que llevaba debajo del jersey. Sean tenía unos músculos definidos y una piel suave y cálida. La acercó a su cuerpo y la abrazó con fuerza, piel con piel, cuerpo a cuerpo.

Kate nunca había sentido algo así; ni siquiera sabía que pudiera sentir algo así. Tenía la mente enturbiada y la respiración entrecortada. Un cosquilleo le recorría las venas encendiéndole el cuerpo. La tensión se apoderó de ella mientras ansiaba ese delicioso clímax que la estaba esperando y que aplacaría la insoportable presión que se acumulaba y palpitaba en su interior. No quería esperar ni un minuto más.

Tirando de él, lo llevó sobre el saco de dormir, a su lado. Sean la miró fijamente. Ese hombre tenía un rostro maravilloso y una boca increíble, que acercó a la suya al instante. Ella contuvo un gemido al notar el roce de su lengua. Respiró hondo y le respondió haciendo lo mismo mientras deslizaba las manos por su espalda desnuda y se deleitaba con la suave piel que se extendía bajo sus manos.

El crepitar del fuego, el sonido de la nieve al caer y el gemido del viento fueron la música de fondo que ambientaba lo que estaba sucediendo entre ellos. Allí, en esa habitación, no había cabida para el frío; solo para el calor, un calor cada vez más intenso.

Cuando Sean la acarició a través de los vaqueros, el cuerpo de Kate respondió con una sacudida, alzando las caderas hacia sus manos. Ella dejó de besarlo para tomar el aire que sus pulmones le pedían a gritos. El encuentro estaba resultando ser mucho más de lo que había esperado.

—Eres increíble —susurró Sean antes de besarle el cuello y deslizar la lengua por él.

Ella apenas podía oírlo por encima del golpeteo de su propio corazón. Era como el estruendo de unos truenos, ensordeciendo los sonidos del mundo que la rodeaba, pero no le importaba. Lo único que le importaba era sentir las manos de ese hombre sobre su piel y el placer que sabía que la aguardaba. Cuando él le bajó la cremallera de los vaqueros y se los quitó, estaba desesperada.

El único obstáculo ahora entre ellos eran unas braguitas de encaje negro. Incapaz de hacer nada más, Kate alzó las caderas como invitándolo a actuar. El cuerpo le ardía y palpitaba con un desesperado deseo que solo él podía saciar.

–Vaya –dijo Sean sonriendo–, si hubiera sabido que tenías algo así oculto bajo los vaqueros, tal vez habríamos llegado a este punto antes.

Ella respiró hondo.

–Tengo debilidad por la lencería.

–Y yo estoy encantado de saberlo –respondió Sean con los ojos brillantes––. Aunque ahora mismo no las necesitamos, ¿no?

Ella sacudió la cabeza mientras él colaba los dedos bajo la frágil banda elástica y le bajaba por las piernas la pieza de encaje negro. Después se quedó sentado mirándola de arriba abajo y Kate se movió bajo su penetrante mirada, deleitándose en el brillo de sus ojos.

Alargó los brazos hacia él, pero Sean se levantó y rápidamente se quitó el resto de la ropa. Se puso un preservativo y se giró hacia ella. Kate estuvo a punto de gemir ante semejante belleza. Era fuerte, estaba muy excitado y lo deseaba más que nunca. Envolvió su miembro con sus dedos y sonrió al verlo respirar profundamente ante el roce. Lo acarició, vio sus ojos azules oscurecerse y brillar y supo que estaba tan desesperado como ella por que ese tormento llegara a su fin.

–Ya –murmuró él antes de arrodillarse entre los muslos de Kate.

–Sí –susurró ella–. Por favor, ya.

–Sí, desde luego. Ya.

Cuando al instante se adentró en Kate, ella se sintió ligeramente aliviada y algo más relajada. Estaba acostumbrada a eso, a la sensación de decepción que mantenía a su cuerpo vibrando y expectante, y sabía que en un par de horas esa sensación desaparecería y ya no sentiría frustración.

Le acarició la cara a Sean y le sonrió.

–Gracias.

–¿Me estás dando las gracias? –preguntó él sonriendo.

–Bueno… sí.

Sean esbozó una sonrisa aún más amplia.

–Ahórrate las gracias para cuando hayamos terminado.

«Claro, él no ha terminado», pensó. Aunque pronto lo haría, y entonces podría acurrucarse contra él.

–Es verdad –respondió Kate, y alzó las caderas mientras él comenzaba a moverse en su interior. Una y otra vez, el cuerpo de Sean reclamó el suyo hasta que la recorrió una tensión aún más aguda que antes. Contuvo el aliento, sacudió la cabeza y se aferró a sus brazos, a sus hombros. Eso nunca le había sucedido antes. A ella no. Con Sam siempre había sentido ese pequeño y suave alivio, después él había caído rendido sobre ella, y entonces había llegado ese momento de tranquilidad durante el que su corazón acelerado había intentado calmarse.

Aquí, en cambio, no había calma. Solo el deseo frenético palpitando en su interior como una luz de neón. Sean deslizó una mano hasta ese punto donde sus cuerpos se habían unido. Kate abrió los ojos de par en par mientras él acariciaba ese punto tan sensible. Una mezcla de sorpresa, impacto y puro placer la sacudió hasta lo más profundo. Gritó su nombre a la vez que su cuerpo se sacudía bajo el de él. Una oleada de sensaciones increíbles y explosivas la invadió y lo único que pudo hacer fue agarrarse con fuerza para sobrevivir al viaje.

–Eso es –susurró Sean inclinándose para besarla–. Vamos, otra vez.

–No –respondió ella entre gemidos. Impensable. No podía más–. Imposible. No puedo respirar.

Desconocía que su cuerpo pudiera hacer algo así. Sentir tanto, recibir tanto. Y, aun así, mientras le decía a Sean que no podía volver a hacerlo, ese profundo cosquilleo volvió a cobrar vida en su interior. No sobreviviría a otra experiencia así, se dijo. Pero entonces el cerebro le susurró: «¿Qué más da?».

Al instante, todo pensamiento cesó y su cuerpo revivió. Sean y ella llegaron al clímax juntos. Los segundos se convirtieron en minutos y ambos rodaron por el saco de dormir como si fuera una cama de lujo.

Sin apenas poder respirar y con los corazones acelerados, se movieron como si fueran uno bajo la titilante luz. Cuando el siguiente orgasmo la sacudió, Kate arrimó la boca de Sean a la suya y se tragó su grito de placer mientras sus cuerpos erupcionaban juntos. Y así, abrazándose, cayeron en un placentero abismo.

Más tarde, él deslizaba las manos sobre su espalda y la curva de su trasero, y Kate se estremecía ante sus caricias y el recuerdo de lo que le había hecho sentir.

–Aún no he terminado contigo –le dijo Sean con una voz cargada de promesas.

–Bien –respondió ella llevándolo sobre su cuerpo–. Porque yo tampoco he terminado contigo.

Él sonrió.

–Eres mi mujer ideal.

«Al menos, de momento», se dijo Kate.

Capítulo Cuatro

El fuego se estaba apagando, tenía a una mujer cálida, exuberante y desnuda dormida en sus brazos, pero no se podía relajar. Debería estar prácticamente en coma después de todo lo que habían compartido en las últimas horas y, sin embargo, estaba completamente despierto, mirando al fuego, pensando.

Se pasó una mano por la cara mientras con la otra agarró con más fuerza a Kate, que se había acurrucado contra su pecho. Tenía el pelo suave y le olía a fresas. Su aliento le acariciaba la piel y cuando suspiró, ese pequeño sonido lo atravesó.

Hacía años que no dormía junto a una mujer con la que se hubiera acostado. Sonrió, pero entonces recordó a la otra mujer a la que había abrazado de ese modo por las noches y las sombras se apoderaron de su rostro. No era lo mismo, se aseguró. Kate no era Adrianna y la situación era completamente distinta.

Adrianna. Hacía años que no se permitía pensar en ella. Había borrado su cara de sus recuerdos deliberadamente y le había cerrado la puerta al pasado para que no lo persiguiera.

Ahora estaba con Kate y, aunque no le gustaba admitirlo, el sexo con ella había sido más de lo que nunca antes había experimentado con nadie. Pero eso no tenía por qué significar nada necesariamente.

Sin embargo, algo le removió por dentro cuando

Kate, dormida, suspiró de nuevo y echó un brazo sobre su torso. La miró y contempló las luces y las sombras que danzaban sobre su piel. Era una mujer bella, fuerte y segura de sí misma. Tenía que reconocer que le fascinaba, a pesar de que admitirlo, aunque solo fuera para sí, le inquietaba tremendamente.

Su cuerpo había estado bullendo desde el momento en que la había conocido, y pensó que el sexo se ocuparía de calmarlo. Sin embargo, no había sido así, todo lo contrario. La deseaba de nuevo, y sentirse de ese modo no entraba en sus planes.

Estiró la manta sobre los dos al sentir el frío colándose en la gran habitación. Debería levantarse y avivar las llamas, pero si se movía la despertaría y… ¿Por qué mentirse a sí mismo? No quería levantarse porque estaba muy a gusto con ella tendida sobre su cuerpo.

Fuera, el viento seguía bramando y la nieve aún caía contra las ventanas. Pronto tendría que apartarse de Kate y avivar el fuego, pero no estaba preparado para hacerlo aún, y darse cuenta de ello lo inquietó también.

Esa situación tenía unas perspectivas desastrosas. Había ido allí a trabajar y se había visto atrapado por la nieve en un hotel junto a la única mujer que podía excitarlo como no lo había hecho nadie en años. Debía apartarse por el bien de los dos. Ninguno buscaba una maldita relación, y tuvo que recordarse que, por muy agradable que fuera, esa aventura no llegaría a ninguna parte. Sin embargo, eso no significaba que no pudiera disfrutar con Kate mientras durara.

–Me siento… de maravilla –susurró Kate irrumpiendo en sus pensamientos con una suave voz.

Sean, agradecido por la interrupción, la miró. Él

también se sentía de maravilla teniéndola a su lado, y ahí residía parte del problema.

La miró a los ojos y le apartó el pelo de la cara con delicadeza. Había dormido aproximadamente una hora. Lo suficiente.

–Sabes que aún no he acabado, ¿verdad?

Una sonrisa lenta e increíblemente sensual le curvó la boca a Kate.

–Pues la verdad es que me alegro de oírlo.

Sean la alzó hasta que sus bocas se encontraron, hasta que ella suspiró y él la saboreó, devorándole el aliento, convirtiéndolo en parte de él. Después se tendió sobre su cuerpo para tomar todo lo que tenía que ofrecerle. Se perdió en ella, se evadió del resto del mundo y de cualquier pensamiento que no tuviera que ver con el presente.

A la mañana siguiente, a Kate dolía el cuerpo de un modo agradable y, aunque debería haberse sentido exhausta, estaba llena de energía, como si pudiera agarrar las herramientas y renovar el hotel entero ella sola.

Sonriendo para sí, preparó café y por la ventana contempló un mundo teñido de blanco. La nieve seguía cayendo y los pinos, firmes como soldados, estaban empezando a combarse bajo el peso de la nieve. Era una gran tormenta, y no parecía que fuera a cesar aún, de lo cual se alegraba. Es más, jamás había estado tan feliz de quedar atrapada por la nieve.

Sí, lógicamente, sabía que no era lo más inteligente que había hecho en su vida; tener una relación sexual con su jefe era una locura, pero ahora mismo no podía lamentarlo. Sabía que las lamentaciones llegarían después, pero de momento lo único que podía hacer era maravillarse con los recuerdos de todo lo que Sean le había hecho.

Una ráfaga de calor la recorrió hasta hacerle sentir que le ardía la piel, pero la contuvo. La noche anterior se había dejado arrastrar tanto por lo que sentía que no había habido tiempo para que la culpabilidad se apoderara de ella. Ahora, había demasiado tiempo.

Todo lo que había experimentado con Sean lo tenía fresco en la mente, y no podía evitar sentirse desleal hacia el esposo que había perdido ya que, por mucho que lo había amado, se veía obligada a admitir que Sam nunca le había hecho sentir lo mismo que Sean. Durante su matrimonio había dado por hecho que, de algún modo, la culpable era ella, que le faltaba algo que le impedía experimentar los orgasmos increíbles que a su amiga Molly le encantaba describirle al detalle. Por supuesto, una parte de ella siempre había creído que Molly estaba exagerando. Ahora, tras la noche anterior, se daba cuenta de que le debía una disculpa a su amiga.

–Huele a café.

Se giró y vio a Sean entrando en la cocina. Le dio un vuelco el corazón y tomó aire para intentar apaciguar eso tan ardiente y maravilloso que le sucedía por dentro cada vez que lo miraba. Su cabello negro y alborotado le caía por la frente y tenía los ojos entrecerrados. Llevaba unos vaqueros negros y una camisa de manga larga blanca, desabrochada. No se había molestado en ponerse las botas, y Kate no alcanzaba a entender por qué verlo descalzo le resultaba tan sexy. Lo que sí sabía sin ninguna duda era que tenía un grave problema.

–Casi está listo –respondió centrándose en la labor que estaba desempeñando antes que en el increíble hombre que se dirigía hacia ella con pasos largos y lentos.

–Bien. Necesito cafeína –apoyó la cadera en la encimera y se cruzó de brazos sobre ese torso que a ella le gustaría acariciar–. Me has dejado agotado. ¿Quién me iba a decir que una vez te apartara de ese cinturón de herramientas ibas a ser tan… insaciable?

–Para mí también ha sido una sorpresa –murmuró invadida por ardientes recuerdos.

–¿En serio?

–Tampoco es para tanto –respondió Kate mientras servía el café, que ya estaba listo. Necesitaba un par de segundos para recomponer sus pensamientos. ¿Insaciable? Sí, lo había sido, y eso la asombraba–. Nunca me había importado demasiado el sexo.

Él esbozó una media sonrisa.

–Pues tienes talento para ello –se detuvo, pensativo, y a continuación preguntó–: Así que debe de ser que tus anteriores amantes no eran muy buenos.

Kate lo fulminó con la mirada. Una cosa era que ella se replanteara las intimidades de su matrimonio y otra muy distinta que Sean insultara la memoria de Sam.

–Lo hacía bien, gracias.

–¿Solo «bien»? –Sean soltó una carcajada, dio un trago de café y dijo–: «Bien» no es una palabra para describir el sexo. Puedes decir que unas galletas están «bien», pero no el sexo –se detuvo, se puso derecho y la miró con incredulidad–. Espera un minuto. Has dicho «lo hacía». ¿Solo has estado con otro hombre?

Una nueva oleada de culpabilidad la invadió y se sintió como si se hubiera ahogado en un mar oscuro y deprimente. Sí, antes que Sean solo había estado con su marido. El rostro sonriente de Sam le llenó la mente y se sintió destrozada. No podía hablar con Sean de él. No quería oír sus comentarios compasivos ni ver un brillo de lástima en su mirada. Ni siquiera hablaba de Sam con sus amigos ni con su padre, así que no debería ni plantearse hacerlo con él. Estaba asimilando la pérdida de Sam, pero lo estaba haciendo a su modo.

—No creo que tengamos que hablar de nuestro pasado a menos que tengas algo que te gustaría compartir…

Pasó fugazmente, tanto que no estuvo segura de haberlo visto realmente, pero en los ojos de Sean se encendió un brillo oscuro. Al parecer, eran tan protector con sus recuerdos como ella con los suyos. Mejor. Así la entendería.

—No —respondió finalmente—. No tenemos que hablar del pasado.

Aliviada, Kate asintió.

—En ese caso, ¿por qué no hablamos del futuro?

Al instante, la expresión de Sean se tensó y en sus ojos apareció ese típico miedo masculino.

—¿Qué futuro?

Ella comenzó a reírse a carcajadas.

—¿Qué te hace tanta gracia?

Aún riéndose, Kate alzó una mano como pidiéndole que le diera un segundo para calmarse. Sean esperó, aunque su gesto indicaba claramente que no le hacía ninguna gracia.

Los hombres eran increíbles, pensó, y Sean era un claro ejemplo de ello. Había hecho todo lo que había podido por llevarla a la cama… bueno, al saco de dormir. Y después, a la mañana siguiente, solo con oír la palabra «futuro» prácticamente había pisado el freno. Le sorprendía que no hubiera intentado marcharse, independientemente de la tormenta. Seguro que estaba dando por hecho que ella ya estaba soñando con tener una casita con jardín y unos hijos de mejillas sonrosadas. Dejó de reír al recordar que sí que había tenido esos sueños una vez y que después esos sueños habían muerto y ya no tenía ningún interés en resucitarlos.

Cuando tuvo las carcajadas bajo control, dijo:

—Relájate, Sean. No espero que me pidas matrimonio ni que me jures devoción eterna. Deberías verte la cara.

—No sé de qué me hablas —respondió él tras dar un largo sorbo de café.

—Ya, claro. Bueno, el caso es que me refería al futuro del hotel, no al nuestro.

Él se puso tenso y se apartó de la encimera.

—Ya lo sabía.

—¡Por favor! —Kate volvió a reírse y dio un trago de café—. Has pensado que me iba a arrodillar a tus pies y a suplicarte que te casaras conmigo o algo así. Pero no tienes que preocuparte por nada —le aseguró mirando fijamente esos ojos azules—. No tengo ningún interés en tener un marido, y si lo tuviera, no serías tú.

Él se la quedó mirando un instante antes de preguntar:

—¿Qué pasa conmigo?

Kate volvió a reírse.

—¡Vaya! Ahora te sientes ofendido.

—No. Sí. Supongo que sí. ¿Por qué no querrías casarte conmigo?

—A ver… —dijo ladeando la cabeza con gesto pensativo—. Por un lado, tu primer instinto ha sido el de salir corriendo de aquí cuando has pensado que estaba enamorada de ti.

–Yo no saldría corriendo de aquí. Está nevando.

–Ya, ya. Por otro lado, resultas irritante.

–¡Já! –le lanzó una sonrisa–. Mira quién fue a hablar.

–De acuerdo. Nos irritamos el uno al otro, es una buena razón para mantenernos alejados. Otra razón es el hecho de que tú eres de California y yo de Wyoming. Geográficamente, no resulta una relación atrayente. Y después está el hecho de que cada vez que te veo en alguna revista, vas agarrado del brazo de una rubia que tiene las tetas más grandes que su cociente intelectual.

–Eso es sexista –señaló él con tono irónico.

–Soy una mujer, puedo decirlo. Admítelo, Sean. No quieres una mujer permanente y yo no aguantaría a un hombre permanente, así que ¿por qué iba a querer casarme contigo?

Él la miró, soltó la taza y fue hacia ella. Y Kate no se apartó porque sabía muy bien que podía hacerla sentirse de maravilla.

–Unas respuestas muy lógicas, buenos argumentos. Pero te has olvidado de una cosa.

–¿Sí? ¿Qué?

–El sexo. El sexo entre nosotros es increíble.

–No lo suficiente para cimentar un matrimonio y, además, ¿por qué estamos hablando de esto?

–Porque quiero que admitas que me deseas.

–Sí, te deseo, pero no como marido.

–Puedo soportarlo –respondió él esbozando una sonrisa con esa maravillosa boca.

Kate se sentía como si se estuviera derritiendo por dentro. Él clavó la mirada en sus labios y ella se los humedeció, nerviosa. Cuando Sean agachó la cabeza y la besó, Kate se entregó por completo. Lo que había entre ellos era algo poderoso y sería una estúpida si no lo aprovechaba antes de que su mundo volviera a la normalidad.

Unas horas más tarde tenía el recuerdo de las risas de Kate grabado en su memoria. Odiaba saber que había tenido razón al interpretar su reacción cuando le había mencionado el futuro. Era algo instintivo en los hombres, probablemente. Eran bastante desconfiados y siempre estaban a la defensiva, alertas, para asegurarse de que tenían tiempo de huir.

A él le había pasado demasiadas veces como para llevar la cuenta. Todas las relaciones esporádicas que había tenido al final habían acabado girando en torno al matrimonio. Sabía qué pensaban las mujeres, sabía que pensaban en boda, en hijos, en tener acceso a su fortuna. ¿Tan sorprendente era que hubiera dado por hecho que Kate no era distinta a las demás?

Aunque, por supuesto, lo era. No solo no estaba interesada en tener una relación seria con él, sino que la idea le provocaba risa, y precisamente eso era lo que le enfurecía.

–La nieve te está afectando –se dijo–. Estar atrapado con una mujer como Kate puede volver loco a cualquier hombre.

No se parecía a nadie que hubiera conocido nunca. Ocupaba todos sus pensamientos, atormentaba su cuerpo y en ese momento lo estaba tratando como una tirana. Sean estaba acostumbrado a conseguir clientes y grandes acuerdos comerciales. Tenía reuniones, cenas y salía con los clientes a tomar copas a restaurantes exclusivos.

En cambio, a lo que no estaba acostumbrado era a manejar un martillo. Ya la había ayudado a levantar el suelo de linóleo de un baño y un espantoso panelado de lo que sería la sala de juegos de la primera planta, y ahora Kate le había pedido que arrancara la estropeada moqueta de una de las suites de la planta superior.

Tosió cuando, al levantarla, años de polvo acumulado salieron volando por la habitación. Era un trabajo duro y sucio y estaba empezando a sentir un respeto renovado por los hombres y las mujeres que lo hacían a diario.

Mujeres como Kate. Cuando la conoció una semana antes, solo había visto su caparazón de fría eficiencia. Ella conocía bien su trabajo, y no temía enfrentarse a él cuando creía que tenía razón. Ese rasgo lo había admirado incluso mientras había discutido con ella.

Ahora conocía más cosas. Conocía su calor, su pasión burbujeando bajo la superficie. Sabía que, aunque se entregara a él, se estaba guardando algunas partes. Le sorprendió darse cuenta de cuánto deseaba descubrir qué estaba escondiendo Kate y por qué. Ante el mínimo riesgo de desinhibirse demasiado, ella se cerraba ante él con maestría.

«Igual que tú», se dijo.

Todo el mundo tenía secretos. Todo el mundo llevaba los bolsillos llenos de remordimientos, culpabilidad o penas que rara vez exponía ante los demás. Los que llevaba él eran únicamente asunto suyo, ni siquiera Mike estaba al corriente, y precisamente por eso respetaría que Kate salvaguardara los suyos.

Lo que había entre los dos era un deseo fruto de la

conveniencia, nada más. Por eso, trabajaría, se acostaría con ella y después, cuando por fin pudieran salir de ese condenado hotel, se marcharía a casa. Volvería al lugar al que pertenecía y donde podría analizar toda esa situación con perspectiva.

–Buen trabajo.

Cuando se giró, vio a Kate de pie junto a la puerta abierta. Se negaba a admitir las sensaciones que le provocaba verla llevando ese dichoso cinturón de herramientas alrededor de la cintura. Parecía segura de sí misma y resultaba demasiado sexy. Los vaqueros desgastados se le ceñían a las piernas y el bajo de la sudadera se le pegaba a las caderas. El cinturón que le estaba volviendo loco la favorecía tanto como unos diamantes podrían favorecer a otra mujer.

La situación se le estaba yendo de las manos.

–Gracias, pero arrancar una moqueta vieja no requiere mucha destreza.

–Solo tiempo y esfuerzo –respondió ella antes de entrar en la habitación. Se puso de rodillas para examinar el suelo de madera que había estado oculto bajo la andrajosa moqueta–. Tiene buena pinta –murmuró más para sí que para él–, me lo esperaba. La madera noble, incluso aunque esté arañada y estropeada, se puede lijar y reparar y resulta más barato que comprar suelos nuevos.

Asintiendo, él la vio acariciar los anchos listones con la misma delicadeza con la que le había acariciado el pecho y apretó los dientes en un intento de ignorar el calor que lo invadió.

–Si todos los suelos están así de bien, te vamos a ahorrar mucho dinero.

–Eso siempre es bueno.

Kate se levantó.

–Tengo esperanzas de que sea así, porque he levantado la moqueta de otras dos habitaciones y los suelos están prácticamente perfectos. Lo que me gustaría hacer ahora es mirar el sótano para ver qué tenemos ahí abajo.

–¿No lo hiciste ya al realizar la primera inspección para el presupuesto?

–Sí, claro –se encogió de hombros y apoyó la mano sobre el martillo que le colgaba del cinturón–, pero fue un vistazo rápido, básicamente para ver los cimientos. Ahora que tenemos tiempo…

Él se rio.

–De eso tenemos mucho.

–Exacto. Podemos ir a mirar para ver qué mejoras se pueden hacer.

Sean enarcó una ceja.

–¿Ya hemos terminado con las moquetas?

–Solo quería hacerme una idea del estado de los suelos. El resto lo hará mi cuadrilla cuando cese la tormenta.

–Si es que cesa algún día –contestó Sean mirando hacia la ventana.

–Lo hará. Llevo toda mi vida viendo tormentas de estas.

–Yo no –respondió Sean suspirando, echando de menos el océano, la arena de la playa y la brisa del mar–. Yo soy más de surf y arena.

–Pronto volverás –le dijo, y se quedaron mirándose durante un momento cargado de tensión–. De momento… ¿el sótano?

–¿Por qué no? –Sean se encogió de hombros y la siguió sin poder evitar fijarse en su trasero mientras bajaban la escalera. Tenía un trasero fantástico, además de la habilidad de excitarlo sin ni siquiera proponérselo.

–Habrá que fijar los pasamanos. Están sueltos y no querrás que resulten peligrosos.

–Por supuesto que no –Sean sacudió el pasamanos y lo notó temblar bajo su mano. Se recordó que ese era el motivo por el que había contratado a Kate. Kate Wells tenía fama de ser una perfeccionista en su trabajo, y eso era algo que él comprendía y apreciaba.

Cuando bajaron la escalera, Kate fue hacia el gran salón, donde el fuego seguía encendido. Atravesaron la cocina y abrió la puerta que daba al sótano.

Dos lámparas de techo iluminaban una amplia sala ocupada únicamente por unas lavadoras y unas secadoras anticuadas y un banco de trabajo desprovisto de herramientas. Las ventanas eran altas y estrechas, y el suelo y las paredes eran de cemento, lo cual aumentaba aún más la sensación de frío.

–Los sótanos siempre me han dado un poco de miedo.

–Estoy de acuerdo –respondió Kate mientras sacaba una cinta métrica y la colocaba en el suelo–. Pero no tienen por qué darlo. Aun así, tener la lavandería aquí abajo no me parece demasiado útil –se detuvo para anotar unos números en la pequeña libreta que se sacó del cinturón–. Y menos si para bajar aquí hay que atravesar la cocina.

–Tienes razón, no se me habría ocurrido. Si los cocineros están muy ocupados, que los empleados del servicio de limpieza tengan que entrar y salir por la cocina complicará el trabajo de todos.

Ella hizo unas cuantas anotaciones más, recogió la cinta métrica e inspeccionó los muros.

–Un poco de aislamiento aquí abajo haría que fuera más habitable.

–Otra buena idea. Hazlo.

–Esta era fácil –lo miró–. Y ya que estás siendo tan razonable, ¿qué te parece trasladar la lavandería a la suite del anterior propietario? Está al otro lado del salón y hay espacio de sobra para lavar y planchar y también para instalar encimeras donde doblar la ropa o lo que haga falta.

Sean pudo imaginar el hotel tal cual lo estaba describiendo.

–Sí, estaría bien. Sería más sencillo para todo el mundo. Pero entonces tendremos un sótano vacío y ya no necesitaremos el aislamiento, ¿no?

–Claro que sí. Aislar esto hará que los suelos de arriba guarden mejor el calor, y eso reducirá las facturas. Además, aquí podríais instalar una sala de herramientas para el equipo de mantenimiento que tendréis que contratar.

Él bajó el resto de los escalones, se detuvo a su lado y se rio.

–Y ellos no molestarán tanto en la cocina, ¿no?

–No porque vamos a abrir una puerta por aquí –dijo tocando uno de los muros– con una rampa para que puedan sacar y meter las herramientas y maquinaria pesada sin problema. Les dará mejor acceso porque ya sabes que vais a necesitar cortacésped y al menos un par de quitanieves. Se pueden guardar aquí. Hay espacio de sobra para todo lo que podáis necesitar.

Sean lo imaginó tal como ella lo describió y por un momento le molestó que no se le hubiera ocurrido a él. Aunque, ¿por qué se le iba a haber ocurrido algo así? Jamás había usado una quitanieves y, al vivir en un piso en la playa, nunca había necesitado un corta-césped.

–De acuerdo, es un buen plan.

Ella se quedó mirándolo un momento y después ladeó la cabeza y le preguntó:

–¿Por qué de pronto te estás mostrando tan dispuesto a todo lo que propongo? La primera semana nos la pasamos discutiendo por todo.

En eso Kate también tenía razón. Sí, Kate le había gustado desde el principio, pero ya que no había querido admitir que sentía un intenso deseo por ella, se había dicho que era una mujer que le resultaba molesta. Tal vez ella había tenido grandes ideas en todo momento, pero él había estado demasiado distraído por su presencia como para oírlas, y eso resultaba casi humillante para un hombre que se enorgullecía de su habilidad para centrarse.

–Las cosas cambian.

–Supongo que sí –dijo Kate dirigiéndose hacia la escalera.

–¿Qué vas a hacer ahora?

–Ya que estás de tan buen humor, se me ha ocurrido que podríamos empezar a derribar uno de los muros para ver la instalación eléctrica.

–¿Hablas en serio?

–Bueno, no un muro entero, pero sí lo suficiente para poder echar un vistazo.

–¿Y quieres hacer trabajos de construcción mientras estamos atrapados por una tormenta? ¿Por qué?

–Porque no podemos pasarnos todo el día en la cama.

A Sean le ardió el cuerpo solo de imaginarlo.

–Pues yo no veo por qué no.

–Ya, claro. Además, lo que vamos a hacer no es construcción, es más deconstrucción. Vamos, te gustará.

Bueno, si no iban a practicar sexo, al menos Sean podría desfogarse golpeando un martillo.

Capítulo Cinco

Pasaron el día trabajando, tan ocupados que ninguno pudo plantearse volver al saco de dormir. A pesar de ello, la idea la tentaba constantemente. ¿Cómo no iba a pensar en ello? Sean le había abierto un mundo de sensaciones que jamás se habría esperado, y quería sentirlas de nuevo a pesar de que la mente no dejaba de advertirla. Lógicamente, su mente tenía razón y su cuerpo debía calmarse un poco.

El problema era que lo que estaba sintiendo no tenía nada que ver con la lógica. Cuando por fin terminó el día y la nieve seguía cayendo, se le habían acabado las distracciones. Compartieron otra cena y, al terminar, Sean se le acercó y ella respondió. Y a pesar de saber que era un error seguir haciendo lo que sabía que no debía hacer, no se pudo contener. Había mucho por descubrir en sus brazos y quería, necesitaba, conocerlo todo.

Pero en algún momento, durante la noche la nieve finalmente dejó de caer. Al llegar la mañana, el cielo brillaba con un tono azul radiante y la nieve fresca resplandecía bajo el sol como diamantes iluminados por un foco de luz. Debería haberse sentido aliviada, feliz de que esa situación forzada llegara a su fin. Sin embargo, no lo estaba.

–¿Cuánto crees que tardarán en despejar el paso de montaña? –le preguntó Sean.

–Unas cuantas horas.

–Entonces, solo tendremos que despejar el camino de entrada del hotel para poder sacar la camioneta del garaje.

–No hará falta. Ahora que ha pasado la tormenta, llamaré a alguien de la cuadrilla. Raul tiene una hoja quitanieves para su camioneta. Se saca un dinero extra abriendo caminos para los residentes. Podrá venir a despejar este en cuanto las quitanieves del condado hayan abierto el paso.

–Entonces casi somos libres –comentó él en voz baja.

–Sí –contestó ella intentando darle un tono alegre a su voz para ocultar el vacío que la estaba invadiendo por dentro–. Tu pesadilla termina hoy.

Él le agarró el brazo, la giró y la miró de arriba abajo como si la estuviera acariciando.

–Yo no lo llamaría «pesadilla».

A Kate le habría gustado ver lo que estaba pensando, pero fuera lo que fuera lo que Sean sentía, lo tenía bien enmascarado.

–¿No?

–Considerémoslo como un seminario de tres días.

Ella dejó escapar una carcajada. Había aprendido mucho de Sean, tal vez demasiado, pero ya era tarde para desaprenderlo por mucho que quisiera.

–Y la clase ha terminado ya.

–Casi –posó las manos en su cintura y sin ningún esfuerzo la levantó del suelo hasta que ella no tuvo más opción que rodearlo con las piernas por las caderas. La miró a los ojos y esbozó una pícara sonrisa–. Creo que tenemos tiempo para un descanso más.

¡Era encantador! Al mirarlo, al ver esos maravillosos ojos azules, Kate supo que cuando se fuera lo echaría de menos. Quería volver a su antigua vida y dejar en el pasado esos días que había vivido junto a Sean, pero ahora se estaba dando cuenta de que le resultaría imposible.

Ese hombre había tocado algo más que su cuerpo durante el tiempo que habían pasado juntos. Le había llegado al corazón y se lo había despertado, se lo había devuelto a la vida. Y aunque sabía que eso provocaría dolor, por el momento solo sentía felicidad.

—El ejercicio es importante.

—Tú lo has dicho.

Dos días más tarde, Sean estaba de vuelta en California, sumergido deliberadamente en su vida real y en los planes y estrategias para el lanzamiento del próximo videojuego, The Wild Hunt, a comienzos de verano. Mientras charlaba con los distribuidores, con el departamento de marketing y con los encargados de la web de Celtic Knot, era incapaz de sacarse a Kate de la cabeza. Se dejaba arrastrar por el trabajo hasta que el recuerdo de un hotel en mitad de una tormenta de nieve y de una mujer menuda y preciosa con el carácter de un *pitbull* se disipaba. Y así era como le gustaba estar, centrado únicamente en el trabajo. Wyoming se encontraba muy lejos de Long Beach, California.

A pesar de la nieve, del frío y de haberse mantenido a base de café, sándwiches compartidos, bollos y galletas saladas, se había sentido demasiado cómodo en aquel viejo y frío hotel. Haber pasado las noches con Kate en sus brazos y haber despertado con ella tendida sobre su cuerpo mientras el fuego crepitaba en el silencio del salón había sido… demasiado, se dijo sin querer identificar la sensación. Haber estado allí con ella había confundido la situación, mientras que haber vuelto a su vida cotidiana y a su trabajo había sido la única respuesta apropiada.

Así que, ¿por qué estaba de tan mal humor? Había hablado mal a Linda, su administradora, había rechazado la idea de uno de sus diseñadores para el juego de Navidad y hasta había llegado a insultar a uno de sus mejores clientes. ¡Y eso que ni siquiera era mediodía!

–¿Hay algo de lo que quieras hablar, Sean?

–¿Qué? –levantó la mirada y vio a su hermano, Mike, de pie en la puerta de su despacho–. No –agarró una pila de papeles y los sacudió–. Estoy muy ocupado.

–Ya, ya –respondió Mike al entrar y sentarse frente a él–, yo también. Así que vamos a ir directos al grano y vamos a hablar de lo que te pasa.

La familia podía llegar a ser un verdadero fastidio. Sobre todo un hermano mayor que veía demasiadas cosas y que te conocía demasiado bien.

–¿Cuándo te has vuelto tan perspicaz de pronto?

–Cuando Dave me ha contado que has rechazado el boceto. Cuando he visto a Linda llorando en su mesa. Ah, sí, y también cuando Dexter Stevens ha llamado para quejarse por tu actitud.

–El boceto de Dave es mediocre, por decir algo…

–El boceto preliminar –añadió Mike.

–Desde que Linda se ha quedado embarazada, llora solo por que suene el teléfono…

–Y por eso lo último que necesita es que le des más motivos para disgustarse.

–Y en cuanto a Dexter –continuó Sean ignorando a su hermano–, él nos ha dado muchos problemas en

los últimos dos años, y nunca le hemos llamado que-
jándonos.

–Ya –prosiguió Mike–, porque su red de distribu-
ción ha movido casi dos millones de unidades de Fate
Castle.

Sean frunció el ceño mientras recordaba su primer
videojuego éxito de ventas. De acuerdo, Mike tenía
razón en eso. ¿Dexter era un cretino en el ámbito personal? Sin duda. Pero también era el mejor en distribu-
ción y no se podían permitir ofenderlo.

Sin embargo, en defensa propia, Sean resopló y
añadió:

–Dexter Stevens es como un grano en el…

–Y lleva años siéndolo –continuó Mike interrum-
piéndolo–. Pero eso sigue sin ser motivo suficiente para
fastidiar a uno de nuestros mejores socios.

–Sí –murmuró Sean–. Le llamaré luego. Le voy a
decir que le vamos a enviar una primera versión de The
Wild Hunt para sus hijos.

–Genial. Bueno, ¿y ahora me quieres contar qué te
pasa?

–Nada. Todo va bien –se recostó en la silla y puso
los pies sobre el escritorio.

–Eso véndeselo a alguien que no te conozca. Las
cosas iban bien hasta que te quedaste atrapado en la
nieve. ¿Quieres decirme qué pasó en el hotel entre Kate
y tú?

Viéndolo ahora en la distancia, ni siquiera él estaba
seguro de qué había pasado entre los dos, y estaba intentando no pensar en ello. Así que, en lugar de responder, Sean formuló una pregunta:

–¿Quieres contarme qué está pasando entre Jenny
y tú?

Por alguna razón, Mike y Jenny Marshall, una de las diseñadoras de Celtic Knot, se llevaban tan bien como una cerilla y un cartucho de dinamita, pero Sean tenía la sensación de que algo sucedía entre ellos. Una de las pistas era que Mike se quedaba paralizado y en silencio en cuanto se mencionaba a Jenny. Como ahora, por ejemplo.

Al instante, los rasgos de Mike se habían tensado y había cerrado los ojos. «¡Ja!», pensó Sean. «Fisgonear no resulta tan divertido cuando son tus secretos los que quedan al descubierto, eh?».

—Jenny está haciendo un buen trabajo con el hotel de Laughlin.

—Buena evasiva. Te doy puntos extra por ello —dijo Sean con una sonrisa—. ¿Y a ti qué te está haciendo?

Mike entrecerró los ojos y se levantó.

—Bueno, me lo has dejado claro. No quieres hablar de Kate y yo no quiero hablar de Jenny, así que vamos a dejarlo y volvamos al trabajo.

Satisfecho, Sean asintió.

—Me parece un buen plan.

Mike fue hacia la puerta, pero se detuvo lo suficiente para añadir:

—Y no cabrees a ninguno más de nuestros clientes, ¿entendido?

Cuando estuvo solo de nuevo, Sean giró la silla para mirar el jardín por la ventana. La majestuosa y antigua mansión victoriana que albergaba las oficinas de Celtic Knot se ubicaba en la zona de la carretera de la costa del Pacífico. Justo frente a la amplia y transitada calle, se extendía el océano hasta el horizonte, y desde la parte trasera de la casa, las vistas eran las de un jardín grande y perfectamente cuidado. Ahora, en pleno invierno californiano, la hierba estaba marrón y el cielo era claro con nubes blancas que se deslizaban como barcos de vela por un mar infinito. Estaba muy lejos de Wyoming, se dijo, ¿así que por qué de pronto echaba de menos la nieve?

Nevaba otra vez.

Kate escuchaba la música ambiental a través del móvil mientras se encontraba a la espera y miraba por la ventana cómo una densa manta blanca caía desde el cielo gris acero. No era una tormenta de nieve; su cuadrilla y ella no se quedarían atrapados en el hotel. Era simplemente una tormenta de invierno más de Wyoming, pero le hizo pensar en Sean y en que solo unos días atrás los dos habían estado allí solos.

Lo echaba de menos, y eso era algo que no se lo había esperado en absoluto. Al principio había sido tan irritante que lo único que había querido era que se marchara, que volviera a California. ¿Pero ahora? Ahora deseaba que estuviera allí. Lo anhelaba, por muy difícil que le resultara aceptarlo.

–¿Señorita Wells?

La música se detuvo bruscamente y Kate volvió a centrarse en el trabajo, lo cual era mucho mejor que pensar en Sean.

–Sí, aquí estoy. Y me estoy preguntando por qué no tengo aquí mis contenedores de escombros.

–Bueno, entiendo que esté un poco impaciente, pero tardaremos un día o dos como mínimo en poder trasladarlos por el paso de montaña.

Kate apretó los dientes, respiró hondo, guardó silencio y finalmente dijo:

–El paso está despejado, Henry, y necesito esos contenedores en la obra.

El hombre soltó una risita y ella tuvo ganas de gritar.

–Por si no se ha dado cuenta, señorita, está nevando otra vez y no queremos llegar al paso de montaña y descubrir que no podemos avanzar.

Los dos sabían que esa tormenta no daría problemas, pero Kate también sabía que insistirle a Henry Jackson no la llevaría a ninguna parte.

–De acuerdo. Entonces, ¿puedo contar con que estén aquí para el viernes?

–Si el tiempo no empeora –dijo él sin querer prometerle nada.

–De acuerdo. Gracias –le costó responder así, pero Henry era el proveedor más próximo. Si tenía que encargarlos a alguien más, podrían tardar el doble de tiempo así que, por el bien del trabajo, sería amable.

Cuando colgó, se quedó donde estaba hasta que sus niveles de enfado descendieron un poco.

–Si la nevada fuera tan grave, no estaríamos aquí trabajando, ¿verdad? –se preguntó–. El paso está despejado. Henry es un vago, nada más, y eso es algo que ya sabías.

Si el paso siguiera bloqueado, Sean y ella aún estarían allí atrapados, los dos solos. Una mezcla de tristeza y algo dulce vibró en el centro de su pecho y, con gesto ausente, se frotó la zona esperando, inútilmente, que la sensación cesara. No le sirvió de nada.

–¡Jefa!

Kate alzó la mirada hacia la escalera, donde estaba Raul.

–¿Qué pasa?

–Sin los contenedores aquí, ¿dónde quieres que apilemos todo lo que estamos arrancando?

Kate frunció el ceño, miró a su alrededor y volvió a mirar al hombre alto que esperaba a que tomara una decisión.

–Ahora mismo tiradlo todo por una ventana hacia una zona despejada del jardín. Llenaremos los contenedores cuando Henry se decida a traerlos.

–Entendido.

Tendrían que hacer el doble de trabajo, y eso les supondría el doble de tiempo, pero era lo único que podían hacer. Kate tenía dos opciones: seguir pensando en Sean y preguntarse qué estaría haciendo ahora o ponerse a trabajar y mantenerse demasiado ocupada como para pensar en el hombre que durante un breve espacio de tiempo le había iluminado el mundo.

Con gesto adusto, se dirigió a la cocina. Arrancar armarios viejos debería mantenerla ocupada.

Sean pasó las siguientes semanas trabajando en el plan de juego de Celtic Knot. Centrado, logró evitar pensar en Wyoming y en lo sucedido y los recuerdos de Kate lo asaltaron únicamente en sueños.

Al regresar a casa, había estado saliendo con otras mujeres para borrar de su mente las imágenes de aquellos días atrapados en la nieve. ¡Con muchas mujeres! Pero ninguna había logrado captar su atención. Las llevaba a bailar, a cenas elegantes y a conciertos, a los veinte minutos empezaba a aburrirse y su mente se dejaba llevar. Al cabo de unas semanas, dejó de intentarlo. No merecía la pena el esfuerzo. Supuso que era una señal del universo, que le decía que se olvidara de todas durante un tiempo y se concentrara en su empresa. Tarde o temprano, volvería a decorar su cama con bellas mujeres. Hasta entonces, volcaba en el trabajo tanta concentración como lograba encontrar.

Aún estaba hablando con algunas empresas sobre la posibilidad de fabricar una serie de figuras coleccionables basadas en los personajes de algunos de sus mejores juegos. Además, también estaba negociando el desarrollo de un juego de mesa basado en Fate Castle para atraer a aquellos pocos que preferían jugar en el mundo real antes que en el digital.

También tenía que supervisar el desarrollo de los guiones gráficos, de los diálogos y las escenas para el próximo lanzamiento de Navidad, y eso sin contar los preparativos para la primera convención de Celtic Knot.

El hotel de Wyoming era su única propiedad lo suficientemente grande para albergar una convención del tipo que fuera, y ahora que Mike y Brady Finn, el socio de ambos, estaban a favor de la idea, tenía que empezar a ponerla en marcha.

Lo cual significaba que, quisiera o no, tendría que hablar con Kate. No quería pensar en el hecho de que una parte de él estuviera deseando volver a ver su cara. Durante las últimas semanas se habían comunicado básicamente mediante correos electrónicos, a excepción de una llamada telefónica breve y nada satisfactoria. Oír su voz había reavivado sus recuerdos a la vez que la distancia que los separaba había agudizado la frustración que lo corroía.

Le sonó el móvil y lo miró. Hoy tenían una videoconferencia y no estaba seguro de si sería mejor o peor verle la cara cuando hablara con ella. Agarró el teléfono al segundo pitido y respondió. El rostro de Kate apareció en la pantalla y él sintió una mezcla de placer e irritación. ¿Por qué tenía que estar tan guapa?

–Kate –dijo con tirantez–. Me alegro de verte.

–Hola, Sean.

Al verla detenerse como si estuviera pensando qué decir, habló para llenar el vacío.

–Quería hablar contigo sobre los planes para la convención que queremos celebrar en el hotel.

–Bien. Ya me contaste un poco de tus planes cuando estuviste aquí.

–Sí –la mirada de Kate estaba clavada en él, y era tan azul que se sintió como si pudiera caer y ahogarse en ella. No era fácil concentrarse en el trabajo cuando estabas mirando esos ojos, se dijo–. Por eso vamos a necesitar esas cabañas de más.

–Ya. Yo también quería hablar contigo de las cabañas.

–De acuerdo, pero primero dime cuánto estáis avanzando –porque así, mientras ella hablaba, él podría disfrutar contemplando el brillo de emoción en su cara, en sus ojos, el modo en que movía la boca…

–Bueno, las obras de interior marchan muy bien. Tenemos casi toda la cocina terminada y las encimeras de cuarzo llegarán a finales de semana…

Siguió hablando, detallando el trabajo que estaba hecho, y él supo que debería estar más centrado en el asunto. Brady Finn, su hermano y él estaban cada uno a cargo de la reforma de un hotel para convertirlos en réplicas exactas de sus juegos más vendidos.

Seguidores de todo el mundo ya estaban haciendo cola para alojarse en Fate Castle, Irlanda, donde vivía Bradly, y el hotel de Laughlin, inspirado en el juego River Haunt, sería el siguiente y probablemente abriría en Navidad a la vez que se lanzaría el último videojuego. Después estaba su hotel.

El suyo estaba basado en Forest Run, un juego protagonizado por criaturas sin alma, valientes caballeros, hechiceros y hadas guerreras. El hotel ofrecía a sus jugadores la oportunidad de vivir las fantasías de los juegos. Era uno de los grandes pasos que Celtic Knot estaba dando para lanzarse a la estratosfera del éxito.

Así que sí, Sean debería estar escuchando y tomando notas, pero en lugar de eso lo único que veía eran los ojos de Kate, y lo único que hacía era recordar cómo brillaban con la luz del fuego danzando en sus profundidades. Al ver su boca moverse casi sintió la suave caricia de sus besos sobre su torso.

—Bueno, ¿qué opinas?

—¿Qué? —intentó centrarse, recordar alguna de sus palabras para no tener que admitir que no había estado escuchando—. ¿Las casitas?

—Sí —respondió ella con gesto de exasperación—. ¿Qué opinas de la nueva idea de diseño?

«Esquívala. Utiliza ese encanto que siempre dices tener».

—Bueno, no es fácil tomar una decisión sin una descripción.

—Ya, imaginé que dirías eso, por eso le he pedido a mi amiga Molly que dibujara esto. No es uno de tus ilustradores, pero se le da mejor que a mí —levantó una tableta y le mostró un simple bosquejo. Intrigado, él se acercó el teléfono para examinar lo que le mostraba y le gustó mucho la idea.

En lugar de una cabaña cuadrada, tal como habían

hablado en un primer momento, le estaba mostrando algo que parecía más... místico.

—Está inspirado en vagones de caravana —decía mientras pasaba las páginas para mostrarle más.

Las cabañas parecían semicírculos apoyados sobre el lado plano. Las paredes y los techos curvados con puertas arqueadas le recordaban a casas de cuentos de hadas. Cada una sería distinta, comprobó mientras observaba los distintos dibujos. Podía imaginarse las pequeñas cabañas redondeadas en el bosque, rodeadas de flores y árboles, con sus puertas de colores vivos dando la bienvenida a los huéspedes. La gente haría cola para alojarse en ellas.

Cuando Kate terminó y volvió a mirarlo por la pantalla, le preguntó:

—¿Bueno, qué? ¿Seguimos adelante con esto? Te lo pregunto ahora porque el suelo se está ablandando lo suficiente como para empezar con las excavaciones. Tendremos que instalar un nuevo sistema séptico central para poder conectar a él todas las cabañas. Una vez eso esté hecho, nos gustaría fijar las ubicaciones para las cabañas en sí.

—Sistema séptico —repitió él con una carcajada.

—Sí, claro. Estamos demasiado lejos de las alcantarillas del condado y el tanque del hotel no es lo suficientemente grande como para soportar la carga extra de las cabañas.

Él volvió a reírse y se pasó una mano por el pelo.

—¿Qué te hace tanta gracia?

—La conversación. Creo que es la primera vez que hablo de alcantarillas con una amante.

—Examante —se apresuró a decir Kate.

Una sensación de frío lo recorrió, pero la dejó pasar.

–Entendido. Bueno, sí, me gustan mucho los diseños. Asegúrate de dejar las paredes lisas para que nuestros ilustradores pinten murales basados en el juego.

–De acuerdo. En el hotel también tenemos metros de paredes lisas esperándolos, pero creo que deberíamos esperar a que estén terminadas la mayoría de las obras antes de que los envíes aquí.

–Hecho –respondió él mientras se giraba hacia la ventana con vistas al jardín. La primavera estaba llegando y se preguntó si la nieve se habría derretido en el hotel aunque, una vez más, tuvo que recordarse que eso no debía importarle–. Envíame esos bosquejos por fax, ¿de acuerdo? Quiero enseñárselos a Mike y a los ilustradores. Pásaselos también a un arquitecto para que diseñe los planos.

–Los enviaré esta tarde.

–De acuerdo –dijo Sean conteniendo las ganas de preguntarle cómo se encontraba.

–Bueno, pues creo que eso es todo. Debería volver al trabajo.

–Sí, yo también.

–Toda va bien. Te escribiré para mantenerte informado de los progresos.

–Bien –se la quedó mirando mientras pensaba que seguir viéndola no haría más que alimentar los sueños que ya lo estaban atormentando por las noches. Irritado por ello, su voz sonó más brusca de lo que había pretendido al decir–: Espero esos faxes para hoy.

–Los tendrás. Bueno, tengo que colgar.

–Sí, yo también –repitió Sean, aunque se fijó en que ninguno de los dos estaba haciendo intención de colgar. ¿Cuántos años tenían? ¿Doce?–. Bueno, gracias por ponerme al día y por las sugerencias.

–De nada. Adiós –y colgó.

En el repentino silencio de su despacho, Sean sintió un frío más intenso que el que había sentido estando atrapado por la nieve.

Capítulo Seis

Cinco meses después.

Su hermano se había casado.

A Sean le estaba costando un poco asumirlo, pero Jenny Marshall era ahora Jenny Ryan, recién casada y esperando su primer hijo. El bebé había sido una sorpresa y había dejado a Mike impactado durante un tiempo, pero finalmente su hermano había reaccionado y se había dado cuenta de que Jenny era la mujer de su vida.

El Balboa Pavilion era el lugar perfecto para una boda de verano. Miró a su alrededor contemplando la vieja casa victoriana con sus vistas a Newport Bay y los cientos de barcos de recreo que salpicaban los muelles. La pista de baile resplandecía bajo miles de luces blancas diminutas y la luna de verano brillaba como sumándose a la celebración.

Sean volvió a mirar a su hermano y a Jenny, que bailaban abrazados como si fueran las dos únicas personas en el mundo. «Los tiempos cambian», se dijo Sean al apoyarse contra una pared. No mucho tiempo atrás Mike y Jenny se habían llevado a matar, y ahora se estaban jurando amor eterno y estaban a punto de ser padres. Hablando de padres… Se giró para ver a los suyos. Jack y Peggy Ryan parecían tan felices como los había visto siempre. Pensativo, dio un trago del whisky escocés que tenía en la mano.

El matrimonio de sus padres siempre le había parecido excesivamente perfecto. Recientemente se había enterado de algo que Mike había descubierto con trece años: los padres cometían errores. Aún le molestaba que Mike le hubiera ocultado durante tantos años el secreto de los problemas matrimoniales que tuvieron sus padres aunque, por otro lado, él también tenía sus propios secretos, pensó mientras veía a su madre apoyar la cabeza en el hombro de su padre.

Pero no era momento para pensar en el pasado. Era el día de Mike y Jenny, que habían pasado prácticamente de la hostilidad a compartir una clase de amor que la mayoría de la gente no conocía.

Por supuesto, pensar en hostilidades le hizo recordar a Kate. Aunque, para ser sinceros, su mente no había dejado nunca de pensar en ella. Habían pasado cinco meses y aún podía olerla. Saborearla. Veía su rostro cada noche cuando intentaba dormir, como si su cerebro estuviera empeñado en recordarle a Kate para asegurarse de que no la olvidara.

Aunque tampoco es que pudiera. Los recuerdos de aquellos días y noches que pasaron juntos mantenían su cuerpo en una ebullición constante. Tal vez había llegado el momento de volver a Wyoming. Era mejor supervisar los progresos del hotel en persona en lugar de mantenerse informado mediante faxes y correos electrónicos. Y, ya de paso, podría volver a ver a Kate y darle una solución a lo que fuera que lo estaba reconcomiendo. No tenía duda de que los recuerdos estaban jugando con él, convenciéndolo de que Kate era más de lo que era en realidad, haciendo que los recuerdos de los increíbles y sobrecogedores encuentros sexuales que habían compartido superaran salvajemente a la realidad. Volver a verla podría aclarar todo eso; podría ayudarlo a poner las cosas en perspectiva para poder sacársela de la cabeza de una vez por todas.

Con ese pensamiento en la cabeza, se apartó de la música y de la multitud, se sacó el móvil del bolsillo y marcó el número para realizar una videollamada. Al cabo de un par de tonos, ella respondió, y en cuanto su rostro apareció en la pantalla, su cuerpo se tensó en respuesta.

–¿Sean? –no parecía alegrarse de verlo. Tenía la mirada entrecerrada y se mordió el labio antes de decir–: No esperaba tu llamada –apartó la mirada, de nuevo reticente a mirarlo a los ojos–. Por aquí estamos muy… eh… ocupados. ¿Pasa algo?

Él había creído que no, pero ahora estaba empezando a cambiar de opinión.

–Dímelo tú. ¿Sucede algo?

–No –le aseguró–. Todo va bien. Genial, en realidad. ¿Qué es esa música?

–Mi hermano Mike se acaba de casar. Estoy en la celebración.

–Vaya, qué bien –volvió a morderse el labio–. Eh, estoy un poco ocupada, Sean.

Más bien nerviosa, pero ¿por qué?

–Sí. Yo también, así que ¿por qué no nos ahorras tiempo a los dos y me dices qué está pasando?

Ella respiró hondo y volvió a decir:

–De acuerdo. Estamos avanzando mucho con el hotel y…

Siguió hablando, pero Sean apenas escuchaba. Se limitó a mirarla y a estudiar el brillo de secretismo de sus ojos. Pasaba algo y estaba claro que no quería hablar de ello. Si tenía que ver con el trabajo, él no tendría de qué preocuparse, porque ya sabía que se tomaba muy en serio su trabajo y que avanzaba según lo previsto con la remodelación, así que ¿por qué se sentía tan claramente incómoda hablando con él? ¿Tendría un nuevo hombre en su vida?

Apretó los dientes, no le gustó nada la idea.

–¿Por qué estás tan nerviosa?

–¿Nerviosa? No estoy nerviosa, Sean. Solo estoy ocupada. No tengo tiempo para esto, Sean.

–¿Es verdad? –preguntó él con tono frío y distante.

Kate sonrió, pero la sonrisa no se reflejó en sus ojos.

–Totalmente. Agradezco que llames, pero todo va bien. Me pondré en contacto contigo la semana que viene. Ve a disfrutar de la boda. Lo siento, me llama uno de los chicos. Tengo que colgar –y colgó.

Sean se quedó mirando el teléfono mientras, tras él, resonaban la música, las risas y la celebración. Le estaba mintiendo. Y si no le estaba mintiendo, al menos le estaba ocultando algo. La pregunta era qué. Y por qué. Frunciendo el ceño, se guardó el teléfono en el bolsillo. Le había colgado. Nadie le colgaba el teléfono a Sean Ryan.

Giró la cabeza hacia la pista de baile, donde su hermano bailaba con su madre y Jenny con su tío Hank. Y mientras observaba a todo el mundo, no paraba de pensar. Tras la fiesta, Mike y Jenny se marcharían fuera durante una semana para celebrar la luna de miel, y en cuanto volvieran, él se marcharía a Wyoming para comprobar la situación por sí mismo.

–Ya veremos si me sigue evitando cuando me tenga delante –murmuró.

***

–¿Por qué yo nunca me he quedado atrapada en la nieve con un multimillonario? –Molly Feeney se dejó caer en uno de los sillones de Kate y levantó su copa de vino.

–¿Porque tienes suerte?

–¡Vamos! A las mujeres de todo el mundo les habría encantado quedarse atrapadas por la nieve con Sean Ryan. Es… –se detuvo y se llevó una mano al corazón–. Me siento un poco mareada.

Kate se rio.

–Eso lo dices porque no lo conoces.

–Pues podrías solucionarlo y presentármelo.

–Te aprecio demasiado.

Riéndose, Molly dijo:

–Venga, tampoco es que sea un ogro.

No, no lo era. Todo sería mucho más sencillo si lo fuera, pero era tan encantador como decía ser, además de irritante, divertido, frustrante. Le hacía sentir demasiadas cosas al mismo tiempo, razón por la que debería agradecer que hubiera vuelto a California. Que los separaran tantos kilómetros la hacía sentirse mucho más segura.

–Molly, esos tres días en el hotel lo cambiaron todo para mí –dijo Kate antes de dar un buen trago a su taza de té.

–Pues no pareces estar sufriendo por ello –señaló Molly con una sonrisa.

–No –sufriendo no. ¿Preocupada? Sin duda, además de sentirse culpable y de verse invadida por demasiadas emociones enfrentadas como para detenerse a enumerarlas.

Cuando Sean se fue de Wyoming, fue duro. Se había acostumbrado a verlo cada día, a que la desafiara tanto en el trabajo como personalmente, y no se había esperado echarlo de menos. Pero la verdad era difícil de ignorar, y mentirse a una misma no servía de nada.

—A lo mejor si no te estuvieras escondiendo…

—No empieces —dijo Kate sacudiendo la cabeza. Molly llevaba meses agobiándola con lo mismo, y también su padre, pero no le importaba lo que dijeran los demás, ella sabía lo que hacía. Había tomado una decisión y se ceñiría a ella—. Estoy haciendo lo correcto.

¿No llevaba años soñando con vivir esa situación? Cuando Sam murió, había aceptado que esos sueños se habían esfumado, pero ahora tenía la oportunidad de cumplirlos y no la dejaría escapar.

—¿Lo correcto para quién? —preguntó Molly.

—Para mí y para Sean —se detuvo, pensó en ello y asintió—. Para todo el mundo.

—Es tu vida, cielo, y bien sabe Dios que odio entrometerme…

Kate resopló.

Molly enarcó las cejas.

—Pero es difícil guardar secretos. La verdad acabará por salir a la luz y se volverá contra ti en el peor momento.

Kate no quería creerlo y prefirió hacer un chiste al respecto.

—¿Es eso una variante de la Ley de Murphy?

—Soy irlandesa. Nos encantan la Ley de Murphy y todas sus variantes —Molly suspiró, dejó la copa en la mesa y se rodeó las rodillas con los brazos—. Al menos piensa en ello, Kate.

—Molly, he estado pensando en ello. Durante los últimos cinco meses prácticamente no he hecho otra cosa que pensar en ello.

–Pensar en ello con la mente cerrada a cualquier posibilidad que no sea la que tú quieres no es pensar de verdad, ¿no crees?

–¿No deberías estar de mi parte?

–Y lo estoy, cielo, ya lo sabes. Solo digo que tarde o temprano los secretos dejan de serlo, y sería mejor que se lo contaras tú misma.

Kate echó la cabeza atrás y fijó la mirada en las vigas de madera que cubrían el techo de su casita. Su amiga tenía razón y lo sabía, pero prefería ignorarlo.

–Puede que tengas razón, Molly. No sé. De lo único de lo que estoy segura es de que no puedo decir nada. Al multimillonario tío bueno no le interesaría.

–Muy bien. No volveré a decir nada al respecto.

Kate lo dudaba. Molly era muy protectora con su familia y sus amigos y, si creía que podía ayudar, no se rendiría jamás. Sin embargo, por el momento Kate suspiró y dijo:

–Gracias. Sería genial.

Cuando sonó el timbre, Molly dio un salto del sillón.

–Voy yo. Tú quédate ahí.

Kate dio otro trago de té, oyó la puerta abrirse y la voz de su amiga suavizarse con tono de flirteo.

–Vaya, hola. ¿Y tú de dónde has salido?

–De California –respondió una voz que le resultaba familiar–. He venido a ver a Kate Wells. ¿Está en casa?

Kate se levantó despacio e intentó controlar las palpitaciones de su corazón. Eso no podía estar pasando.

–¿Y eres?

–Sean Ryan.

Por un momento pensó que estaba soñando, pero

no. No era un sueño. Sean de pronto estaba frente a ella, con la mirada clavada en su barriga.

–¿Estás embarazada?

Se llevó una mano al vientre como para proteger al bebé de oír una discusión entre sus padres incluso antes siquiera de haber nacido. Al instante, preguntó furiosa:

–Sean, ¿qué estás haciendo aquí?

–¿Hablas en serio? ¿Eso es lo que tienes que decir? –él se detuvo, sacudió la cabeza y se pasó ambas manos por el pelo–. ¿Estás de broma?

–Bueno, creo que me marcho –dijo Molly–. Parece que tenéis cosas de que hablar…

Kate quiso alargar el brazo y aferrarse a su amiga como si fuera un salvavidas, pero ¿de qué le serviría? Con ello no haría más que retrasar lo inevitable. Sean estaba allí. Ya sabía la verdad.

–Mañana te llamo –le respondió a Molly sin dejar de mirar a Sean.

Ya que Sean no dejó de mirarle el vientre ni un instante, no vio a Molly haciendo el gesto de abanicarse ante su presencia. Sí, cierto, Sean era un hombre absolutamente impresionante, pero ahora mismo, y por muy agradable que fuera volver a verlo, ella no sentía ningún tipo de deseo. En ese momento, el pánico era su principal emoción.

–¿Pensabas contármelo en algún momento? –bramó Sean en cuanto la puerta se cerró.

–Probablemente no –admitió ella–. Al menos, no hasta que no me quedara otro remedio. Sean, ¿no te acuerdas? Me dejaste muy claro que no querías tener familia. Solo de pensarlo te horrorizabas. ¿Por qué iba a contarte lo de mi bebé?

Él dio un paso hacia ella y se detuvo en seco como si estuviera demasiado enfadado como para acercarse.

–¿Estás usando lo que comenté sobre una situación hipotética para justificar por qué llevas cinco meses mintiéndome? No te va a funcionar. Deberías habérmelo dicho, Kate, porque es nuestro bebé.

Kate se sonrojó y mantuvo su mano protectora sobre su vientre.

–Bueno, técnicamente tienes razón…

–¿Técnicamente? –repitió él con los ojos como platos.

Ella lo ignoró. Se había imaginado esa conversación millones de veces, siempre que la había asaltado la culpabilidad y se había imaginado qué pasaría si Sean se enteraba. Y en ninguna de esas suposiciones lo había visto tan… rabioso.

–Tal vez debería habértelo dicho.

Él soltó una amarga carcajada.

–Pero no habría cambiado la realidad, Sean, porque la realidad es que quiero al bebé y tú no.

En ese momento él se mostró más impactado todavía que antes, y ella no pudo culparlo. Estaba tan furioso que sus ojos azules brillaban como puntas de hielo. Deliberadamente, Kate alzó la barbilla, lo miró fijamente y se preparó para la batalla.

Ese bebé lo significaba todo para ella. Era un regalo de un universo que ya le había arrebatado demasiadas cosas, y no lo perdería ni lo compartiría con un hombre que algún día lamentaría su existencia.

–Hemos hablado muchas veces en los últimos meses por correo electrónico, fax, llamadas, videollamadas, y ni una sola vez has encontrado el momento para decirme: «Por cierto, estoy embarazada».

Lo cierto era que durante los tres primeros meses de embarazo Kate se había visto sumida en una especie de bruma. En un principio no se lo había creído y después había sido consciente del milagro sucedido. Por fin iba a tener la familia que había creído perdida tras la muerte de Sam. No necesitaba un marido, pero necesitaba a ese bebé.

Y Sean también.

Se sentía como si le hubieran dado un puñetazo en el estómago. Le costaba respirar. Tenía la mirada clavada en el vientre redondeado de Kate mientras su cerebro intentaba procesar, pensar. No se lo había esperado. Sí, había sabido que algo iba mal y por eso precisamente había ido a Wyoming en cuanto Mike y Jenny habían vuelto de su luna de miel, pero había pensado que sería algún problema con el hotel. No se había imaginado algo así.

Habían utilizado preservativos. ¿De qué servía usarlos si la gente se quedaba embarazada de todos modos?

Ahora sabía cómo se había sentido Brady Finn al viajar a Irlanda para comprobar cómo marchaba el hotel y descubrir que Aine estaba embarazada. En ese momento él se había puesto de parte de Aine y le había dicho a Brady que debía asumirlo y hacer lo correcto. Al parecer, el universo estaba disfrutando poniéndolo ahora a él en la misma situación.

Se pasó una mano por la cara mientras contenía la rabia que lo asfixiaba e intentaba calmarse. La mujer en la que llevaba meses pensando estaba embarazada de él y eso era en lo que tenía que centrarse ahora. Sin embargo, mientras pensaba en ello no pudo evitar recordar que no era la primera vez que se veía en esa situación. A pesar de intentar contenerlas, las imágenes de diez años atrás salieron a la superficie.

Llevaba un año estudiando en la universidad en Italia y se había enamorado de Adrianna. Era preciosa, inteligente y divertida, y todo era perfecto… hasta la noche en la que le dijo que estaba embarazada. Aún se sentía avergonzado por su reacción, aunque a lo largo de los años había intentando justificarla diciéndose que en aquel momento era joven, estúpido y egoísta.

Ella, en cambio, se había alegrado y había imaginado un futuro feliz y brillante juntos.

Habían discutido y dos semanas más tarde ella había perdido al bebé que tanto había anhelado. Sean fue a verla al hospital, pero Adrianna lo rechazó. Aún podía verla tendida en aquella estrecha cama, con su precioso rostro tan blanco como las sábanas que la cubrían. Tenía los ojos llenos de dolor y una única lágrima le caía por la mejilla.

–Vete –le había dicho girando la cara hacia la pared para no tener que mirarlo.

Con el ramo de flores en la mano, Sean insistió e intentó acercarse, intentó que lo mirara, que viera lo mal que se sentía.

–Adrianna, siento mucho lo del bebé.

En ese momento ella lo miró y él vio que su mirada estaba vacía.

–No lo sientes, Sean. No querías a nuestro hijo. Pues bueno, ya no está así que puedes ser feliz. Pero sé feliz en otra parte. No te quiero aquí. No quiero que vuelvas.

Adrianna era lo único que le importaba, y la estaba

perdiendo. Tenía que hacerle entender por qué había reaccionado así, tenía que intentar que lo perdonara.

–Adrianna –susurró–, podemos superarlo.

–No –ella miraba a la pared–. No. Te necesitaba y no estuviste a mi lado. Ahora ya no te necesito.

Impotente, Sean había dejado las rosas sobre la silla junto a la puerta y se había marchado sabiendo que había perdido algo precioso. Que había echado a perder eso que algunos hombres no llegaban a tener nunca y que solo alcanzaban a soñar.

Y había vivido con esa vergüenza y ese sentimiento de culpa durante diez años. Nunca lo había compartido ni con su hermano ni con nadie, pero ahora tenía la oportunidad de dejar atrás ese pasado siendo el hombre que debería haber sido en aquel momento. No volvería a cometer el mismo error.

–Deberías sentarte.

–¿Qué?

–Estás embarazada. Siéntate –la llevó hacia el sofá y esperó a que se sentara.

–¿Hablas en serio? Hoy he estado en la obra instalando las ventanas y arrancando el panelado de las paredes, ¿y te parece demasiado agotador que esté de pie en mi salón?

Visto así, era una estupidez.

–Bueno, pues entonces dame un respiro. Hace diez segundos que me he enterado de que esperamos un bebé. Puede que me lleve un poco más de tiempo acostumbrarme.

–A eso me refiero, Sean. No tienes que acostumbrarte.

–¿En serio esperas que te diga que te cuides y me marche?

El hecho de que aquello lo hubiera hecho diez años atrás no tenía nada que ver con la situación ahora.

–Es mi hijo a quien llevas dentro y es mi responsabilidad asegurarme de que esté bien.

–Hija. Es una niña.

–Una niña –una fuerte emoción lo invadió. Tenía una hija. Respiró hondo para calmarse y miró a Kate, que se mostraba hostil y parecía dispuesta a pelear con él.

Le dolía que se lo hubiera ocultado y que, claramente, no hubiera tenido intención de contárselo, pero ahora mismo en realidad no le importaba. Sí, cierto, le había dicho que no tenía ningún interés en tener hijos o formar una familia, y no habría intentado ser padre de forma deliberada, pero ahora que se enfrentaba a la realidad, quería a ese bebé.

Estaba ahí y no se marcharía a ningún sitio. Kate tendría que asumirlo.

–¿Está bien el bebé?

El rostro de Kate se suavizó de pronto.

–Sí, la niña está bien.

–Bien –asintió y tragó con dificultad. De pronto se sentía invadido por un lujurioso deseo. ¿Resultaban así de atractivas todas las embarazadas?–. Me alegro.

–Sean, sé lo que estás haciendo.

–¿Ah, sí? ¿Y qué estoy haciendo, Kate?

Ella se levantó y él sintió la misma ráfaga de deseo que había sentido la primera vez que la vio. Kate Wells lo atraía como nadie lo había hecho nunca, y el embarazo no había cambiado eso. Es más, con ese gesto adusto y esa actitud tan testaruda le resultaba más impresionante todavía.

–Estás intentando que me sienta mal por no haberte contado lo del bebé.

–¿Y no te sientes mal?

Ella resopló.

–Sí, claro, pero he hecho lo que he creído que era mejor, y eso precisamente es lo que estoy haciendo ahora. Quiero que te marches, Sean.

–No siempre podemos conseguir lo que queremos, Kate.

–Además, ¿qué haces aquí? ¿Cómo has descubierto dónde vivo? Bueno, da igual. No importa. Lo que importa es que te marches. Ahora.

Sean la agarró de los brazos y ella intentó liberarse.

–No me ha resultado tan difícil encontrarte, Kate. Y ahora que te he encontrado, y que he encontrado a mi hija, no me iré a ninguna parte.

Ella palideció ligeramente, pero se recuperó rápidamente y siguió mostrándose a la defensiva.

–Sean, no tienes que demostrar nada. Es bonito que te hayas ofrecido a implicarte con el bebé, pero no es necesario.

–Es hija mía tanto como tuya, así que sí que es necesario que yo forme parte de esto. No vas a dejarme a un lado, Kate.

Fuera, el sol casi se había ido, y Kate encendió una lamparita. Una luz brillante se extendió por la habitación y Sean pudo verla con más claridad que antes.

–Tenemos cosas de que hablar.

–No, Sean. Soy yo la que está embarazada, así que soy yo la que toma decisiones –agarró su taza de té y la copa de vino de Molly y salió de la habitación mientras decía–: Y ya que solo estoy de cinco meses, tengo mucho tiempo.

Sean la siguió y, una vez dentro de la diminuta cocina, la acorraló.

–Los dos vamos a tomar cualquier decisión que sea necesaria, Kate. No me pienso alejar de mi hija –apoyó las manos sobre el borde del fregadero–. Me quedaré en Wyoming tres días, aunque me quedaría más tiempo si no fuera porque la semana que viene tenemos que lanzar el último juego.

–Pues no dejes que yo te lo impida –dijo, y se escapó, colándose bajo sus brazos.

Sin embargo, él la agarró del brazo.

–No te preocupes, no vas a impedir que haga nada –fue una advertencia y una declaración al mismo tiempo. Ya era hora de que supiera que no desaparecería tan fácilmente. Llevaba a su hija dentro y eso los vinculaba para siempre.

Tendría que acostumbrarse.

Capítulo Siete

Kate se sentía como si la estuvieran acosando.

Cada vez que se giraba, ahí estaba Sean. Vigilaba lo que comía, lo que bebía. No se apartaba de ella en la obra, hasta tal punto que su cuadrilla había dejado de consultarle cosas y ahora le preguntaban a Sean primero. Sentía que el control se le escapaba de los dedos.

Cuando protestaba por ello, él se limitaba a sonreír y se encogía de hombros como si no le importara que estuviera molesta, lo cual solo hacía que ella se enfureciera más.

Molly, en cambio, estaba fascinada.

—Es más espectacular incluso en persona que en las fotos de los paparazzi —le decía por teléfono a Kate, que estaba sentada bajo un pinar junto al lago—. Es la clase de hombre que hace que las mujeres se derritan a sus pies.

—Imagino que por eso sigue esperando que yo ceda.

—¿Y por qué no ibas a hacerlo? Está buenísimo, es rico, esperas un hijo suyo y quiere implicarse. Además, no olvidemos que ya me has confesado que con él has tenido el mejor sexo de tu vida.

Kate se estremeció. Lo había dicho a pesar de sentirse desleal hacia la memoria de Sam. Su difunto marido no había sido un gran amante, pero había tenido otras cualidades mucho más importantes de las que Sean carecía.

Sean era prepotente, dictatorial y arrogante y esos eran sus puntos buenos. Sí, de acuerdo, tenía unos ojos preciosos, unas manos prodigiosas y un gran sentido del humor que solía hacerla reír incluso aunque no quisiera. Pero nada de eso, ni siquiera unos encuentros sexuales impresionantes, eran suficientes para construir una vida juntos. Porque aunque aún no había mencionado nada sobre el matrimonio, estaba segura de que tarde o temprano lo haría.

Y ella no volvería a casarse nunca. Eso sería darle demasiadas oportunidades al dolor.

—El sexo no lo es todo —murmuró.

Una profunda voz dijo tras ella:

—La gente que dice eso no lo hace bien.

Kate inhaló profundamente y el corazón se le aceleró. Solo oír su voz le aceleraba el pulso y le era imposible controlarlo. Había ido al pinar para alejarse un rato de Sean, pero él había logrado encontrarla.

—Lo he oído —dijo Molly riéndose—. Me está empezando a caer muy bien.

—Pues a mí no —murmuró Kate—. Tengo que colgar.

—De acuerdo, pero luego tendrás que ponerme al tanto. Y no te dejes ningún detalle.

Kate colgó y se giró hacia Sean.

—¿Por qué me estás siguiendo?

Él se encogió de hombros y el movimiento hizo que la camiseta negra se le ciñera a un torso que, como ella bien sabía, era puro músculo.

—No lo interpretes como si te estuviera siguiendo, sino como que estoy dando un paseo por mi propiedad. Me estoy haciendo una idea de cómo son los terrenos cuando no están cubiertos por metros de nieve.

Kate no lo creyó porque, en lugar de mirar el paisaje, la estaba mirando fijamente a ella. Un intenso calor se le instaló en el pecho y le recorrió el cuerpo. Los ojos de Sean eran tan azules como el lago y el viento le removía el cabello oscuro. Parecía como si no se hubiera molestado en afeitarse esa mañana y la sombra que le cubría la mandíbula lo hacía parecer más sexy todavía.

Tenerlo allí otra vez la estaba desestabilizando. Cuando Sean se encontraba lejos, ella podía centrarse en su vida, en su bebé y casi convencerse de que él no formaba parte de ello. Porque eso era lo que quería. Lo que sentía por Sean era una maraña de emociones. Sí, por supuesto, el deseo seguía allí, pero entremezclado con furia y un afecto que no podía negar del todo.

–Pues vamos, ve a echar un vistazo –le dijo.

Sean echó una ojeada a su alrededor y sus rasgos se suavizaron al contemplar la belleza que lo rodeaba.

–Es un lugar fantástico. Precioso, de verdad. Es increíble lo grande que se ve el cielo aquí. No sé por qué, pero en California parece mucho más pequeño. Ya sabes que yo siempre he sido chico de playa. Me encanta hacer surf y salir a navegar –su mirada volvió a la quieta superficie del lago color azul zafiro que reflejaba las nubes blancas y los pinos alzados como si fueran guardianes.

Ella no pudo evitar sonreír.

–Se cree que en los lagos también se puede navegar.

Sean sonrió y a Kate le dio un vuelco el corazón.

–Buena idea. A lo mejor deberíamos traer algunas barcas para los huéspedes. Y también *paddleboards*.

–No creo que pegue exactamente con la temática de guerreros ancestrales y criaturas malvadas.

Él se rio y se metió las manos en los bolsillos.

–Incluso los jugadores le dedican un poco de tiempo de vez en cuando a salir y vivir un poco de realidad. Además, podríamos pintar escenas del juego en ellas.

Kate suspiró. Qué difícil era resistirse cuando desprendía ese encanto. Incluso aun sabiendo que debería endurecerse y mantener las distancias, se sentía atraída hacia él como nunca se había sentido por nadie. Y cuando le sonreía, tal como estaba haciendo ahora, todo dentro de ella se suavizaba y se rendía a él.

–¿Por qué no me enseñas dónde vais a ubicar las cabañas?

–De acuerdo –mejor mantener la conversación alejada de lo personal. Estaban comportándose con calma, con sensatez y hablando del trabajo. Contuvo la emoción que la había invadido y fingió que no había existido nunca–. Puedes ver dónde hemos puesto ya los cimientos para las primeras cabañas –dio unos cuantos pasos y se detuvo de nuevo–. Las demás forman un semicírculo alrededor del hotel. Así, aunque estén lo suficientemente metidas en el bosque como para tener privacidad, seguirán estando lo suficientemente cerca del hotel para que los huéspedes puedan acceder fácilmente al restaurante o a la tienda de recuerdos. Las fosas sépticas ya están instaladas y alrededor de la próxima semana empezaremos a levantar los armazones de las cabañas. Estamos esperando los planos definitivos del arquitecto.

Él caminaba a su lado y ella estaba segura de sentir calor emanando del cuerpo de Sean y colándose en el suyo.

–Suena bien, pero ¿por qué no habéis puesto un par de cabañas más cerca del lago?

–Es arriesgado. Después de un invierno duro, el

deshielo de primavera podría elevar el nivel del agua y no queremos tener que preocuparnos por las inundaciones.

–Sí, bien pensado.

A veces parecía como si estuvieran en perfecta sincronía. Por alguna razón, era como si según se complicaba su relación personal, su relación laboral mejoraba. Mientras hablaban del trabajo y hacían planes parecían un equipo, pero eso era solo una ilusión. Trabajaba para él y sería mejor que no lo olvidara. Ese era su mayor proyecto de construcción, y pasara lo que pasara entre Kate y él, ella estaba decidida a sacar el mayor provecho de esa gran oportunidad.

–La mayoría de las cabañas tendrán vistas al lago –en ese momento, mientras seguía caminando, tropezó con una raíz de un árbol. A pesar de que logró mantener el equilibrio, Sean la agarró del brazo al instante, y ese simple roce de su mano la encendió por dentro–. Estoy bien, Sean. No necesito ayuda. No me he caído.

–Mi madre me educó para que fuera un caballero.

–Y te lo agradezco, pero puedo caminar sola –intentó soltarse, pero él la agarró con más fuerza todavía.

–Mira, entiendo que no estés acostumbrada a que cuiden de ti, pero ahora estás embarazada de mi bebé y voy a cuidar de ti y de ella te guste o no.

Y ahí se esfumó la sensación de que formaban un equipo para dar paso al Sean arrogante.

–No puedes presentarte aquí de pronto y empezar a ocuparte de todo. No estás al mando.

–Te equivocas. Desde ahora en adelante soy yo el que da las órdenes.

–¿Hablas en serio? Llevo mucho tiempo sola. No te necesito, Sean.

Algo oscuro y lleno de dolor se iluminó brevemente en los ojos de él.

–Me necesites o no, estoy aquí y no te vas a librar de mí, así que ve acostumbrándote.

Se quedaron mirándose; ninguno estaba dispuesto a ceder. A su alrededor el viento susurraba entre los árboles, los pájaros graznaban y un pez salía de la superficie del lago para volver a hundirse en sus aguas.

–¿Pero qué te pasa? –murmuró Sean.

Tiró de ella y la besó con fuerza. En un principio Kate pensó en resistirse, pero le resultaba imposible. Sus bocas se deslizaban entre sí con suavidad y el deseo y la excitación bullían en su interior. Se agarró a él, sintió sus fuertes brazos rodeándola, abrazándola.

Fue una locura y pasó demasiado deprisa.

Cuando abrió los ojos, vio a Sean mirándola con satisfacción y gesto petulante.

–¿Con que no me necesitas, eh?

Se sintió como si le hubieran echado un cubo de agua helada que extinguió el fuego que había ardido en su interior segundos antes.

–¿Me besas y luego me restriegas por la cara mi reacción? –Kate estaba prácticamente temblando de frustración y rabia.

–Solo te estaba recordando lo que hay entre los dos –respondió él con tirantez, y ella sintió cierta satisfacción al comprobar que el beso lo había afectado tanto como a ella.

–Sé exactamente lo que hay entre los dos –contestó Kate posándose una mano en el vientre.

Él le cubrió la mano con la suya.

–Ahora yo también lo sé, y te prometo que no me voy a ir a ninguna parte.

–¿Interrumpo algo?

Ambos se giraron ante el sonido de la profunda voz del hombre que se acercaba a ellos.

–¿Papá? –preguntó Kate sorprendida. Había estado tan centrada en Sean que no había oído nada más aparte del golpeteo de su corazón–. ¿Qué estás haciendo aquí?

Harry Baker era un hombre alto, con el pelo cano, unos penetrantes ojos azules y un torso y unos brazos musculados a base de años trabajando en la construcción. Simpático y agradable por lo general, en ese momento parecía tenso y adusto.

–Ha llamado Raul –dijo respondiendo a Kate sin apartar los ojos de Sean–. Me ha pedido que viniera a ayudarlo a instalar las ventanas del tercer piso.

Kate contuvo un grito de frustración. Había olvidado que su padre estaría en la obra hoy. Con Sean al lado, le costaba mucho concentrarse en cualquier otra cosa. Si se hubiera acordado, podría haber preparado a Sean e incluso haberse preparado a sí misma para una confrontación que llevaba meses tomando forma.

Respiró hondo en un intento de calmarse. Su padre llevaba meses insistiéndole que le contara la verdad a Sean y que dejara de trabajar. Desde que su madre murió cuando ella tenía doce años, Harry lo había sido todo para ella. La había criado, le había enseñado, la había querido y se había preocupado por ella. Verla ahora embarazada y soltera lo reconcomía por dentro, y Kate sabía que le había supuesto un gran esfuerzo controlarse y no llamar a Sean él mismo.

–Es verdad, lo había olvidado.

Su padre estaba mirando a Sean y ella supo que había ido a buscarlos deliberadamente para poder tener una charla con el hombre que había dejado embarazada a su hija. Se sentía como si estuviera viviendo una novela romántica del siglo XIX. Los dos hombres de su vida de pronto se estaban convirtiendo en cavernícolas y había claros síntomas de envenenamiento por testosterona.

–Bueno, papá –dijo con voz suave y una sonrisa–. Te presento a Sean Ryan.

–Me lo imaginaba –Harry no sonrió.

Sean alargó la mano.

–Me alegro de conocerle.

Kate los vio mirarse fijamente durante un apretón de manos que, más que un saludo cordial, pareció una competición de poder.

–Kate, ¿por qué no vas al hotel mientras tu padre y yo hablamos?

–Deja de decirme qué hacer.

–Kate, márchate.

Ella miró a su padre.

–¿Tú también, papá?

Ninguno de los dos la estaba mirando, y eso la enfurecía aún más.

–Muy bien. Pues vuelvo al trabajo.

–Ten cuidado –le advirtió Sean.

–Por favor… –murmuró mientras se alejaba.

Sean la miró durante un instante antes de centrar la atención en el hombre.

–No sabía que estaba embarazada.

–Lo sé. No he estado de acuerdo con ella en eso, quería que te lo contara, pero es una mujer fuerte. Y testaruda.

–Ya lo sé. Me gusta eso de ella.

Harry resopló y se relajó lo suficiente como para que Sean estuviera seguro de que no iba a darle un puñetazo. Era curioso cómo verte cara a cara con el padre de la mujer con la que te estabas acostando podía hacerte sentir como un adolescente al que habían pillado incumpliendo el toque de queda.

–Kate es una mujer adulta y toma sus propias decisiones, por mucho que yo no piense igual.

Sean entendió las palabras del hombre y, ahora que sabía que iba a ser padre de una niña, no pudo evitar preguntarse si se habría mostrado tan razonable como Harry Baker en la misma situación. Aunque por supuesto su hija jamás se vería en una situación así porque él no permitiría que ningún hombre se le acercara. De cualquier modo, de momento lo que tenía que hacer era tranquilizar al padre de Kate.

–No está sola en esto. Ahora que sé lo del bebé, no va a lograr librarse de mí.

Harry ladeó la cabeza y observó a Sean. A pesar de sentirse incómodo bajo su atenta mirada, se mantuvo firme y esperó.

–Me alegra saberlo –dijo Harry asintiendo–, pero estoy pensando que ha sido mi hija la que te ha traído aquí.

–Es mi hotel, señor Baker. Tengo que supervisar cómo avanzan las obras.

–¿Y supervisas todos los hoteles con un beso?

Sean se pasó una mano por la nuca.

–Vaya, lo ha visto.

–Sí. Mira, lo que suceda entre vosotros dos es privado –Harry se cruzó de brazos sobre su amplio torso–, pero he de decir que quiero ver a mi hija embarazada casada.

¿Casada? Era increíble cómo esa sola palabra podía hacer que un hombre se sintiera como si lo hubieran lapidado con un cubo de rocas. Entendía cómo se sentía Harry, pero el matrimonio era algo tan… para siempre. Aunque también lo era un bebé. Un hijo los uniría para siempre.

No había tenido tiempo suficiente para pensar, para elaborar un plan. Sin embargo, sabía que quería a esa niña y quería la oportunidad de demostrar que no era el hombre que había sido antes. Que había madurado y había cambiado.

Harry seguía hablando.

—Es el primer signo de vida que he visto en mi niña desde que perdió a su marido.

—¿Marido?

Harry enarcó las cejas.

—¿No sabías lo de Sam? Bueno, no me sorprende. Mi hija es bastante discreta. Perder a Sam fue muy duro para ella. No habla del tema, pero cambió después de aquello, se encerró en sí misma —se detuvo—. Hasta que llegaste tú, claro.

Sean no supo qué decir. Saber que había estado casada y que era viuda lo había dejado impactado. ¿Cómo había sido ese hombre, el marido misterioso? Mientras se lo preguntaba, recordó la conversación que habían tenido el invierno pasado en la que le había dicho que solo había estado con otro hombre.

Estaba claro que había amado a ese hombre y que le seguía siendo leal incluso ahora. Se le encogió el pecho. Qué situación más complicada la de sentir envidia de un hombre muerto.

—Sam y ella querían tener familia, pero entonces él murió y Kate… —se detuvo un instante—. Se apartó de la vida porque le resultaba demasiado dolorosa, pero desde que te conoció y desde que sabe lo del bebé, ahora ha cambiado. Vuelve a ser un poco ella misma.

¿Seguiría enamorada de Sam? Aunque, por otro lado, él también tenía un pasado, ¿no? No le había contado lo de Adrianna y el bebé. No le había abierto su alma.

La pasión los había unido y el destino les había tendido una trampa al crear a un bebé.

¿Qué se suponía que debía hacer ahora con esa información?

Volvería a casa en un par de días. Tenía que estar en California para el lanzamiento de The Wild Hunt, pero ¿cómo iba a dejar allí a Kate y a su niña?

—¿Estás loco? —le preguntó Kate unas horas más tarde—. No puedo ir a California. ¡Estamos en plena obra!

Sean se cruzó de brazos y apoyó un hombro en el marco de la puerta. La miró con expresión casi de diversión y eso la enfureció aún más. Su padre y él habían vuelto del paseo por el bosque como si fueran viejos amigos, sonriendo. ¿Lo habrían tramado entre los dos?

—Te he dicho que no puedes entrar en mi vida y ponerte a dar órdenes. Y si mi padre y tú pensáis que podéis hacer planes por mí como si fuera una niña que necesita a dos hombres fuertes que cuiden de ella, entonces es que estáis locos.

—Esto no tiene nada que ver con tu padre. Tengo que volver a la oficina para ayudar con el lanzamiento del nuevo juego…

—Pues ve —le dijo aliviada aunque decepcionada al mismo tiempo por saber que se marchaba. Pero lo superaría—. Feliz viaje.

Estaban solos en el hotel; la cuadrilla y su padre ya se habían marchado hacía más de media hora. Kate se había quedado para comprobar que todo se quedaba cerrado y en condiciones. Y, por supuesto, Sean también se había quedado.

Fuera, la luz estaba adquiriendo un tono perlado a medida que el cielo se iba sumiendo en la noche. Dentro, solo había unas cuantas luces encendidas.

–Sí, claro me iré, pero tú vienes conmigo.

Estaba tan seguro de sí mismo que ella sintió ganas de golpearlo.

–La obra…

–Puedes dejar a tu cuadrilla trabajando sin supervisión durante unos cuantos días.

–¿Días?

–Tal vez una semana –dijo Sean encogiéndose de hombros como si no le preocupara nada el tiempo que le estaba exigiendo que se tomara–. Es una cuestión de negocios, Kate. Quiero que conozcas a nuestros diseñadores. Han tenido algunas ideas sobre las nuevas cabañas y podrás hablar con ellos y conocer al arquitecto en persona.

–No es necesario –respondió, sintiendo que ya había perdido la batalla. Él parecía tranquilo y ella sentía cómo el control se le escapaba de entre los dedos. No obstante, hizo un intento más–. Mientras tenga los planos, avanzaremos.

Sean suspiró y sacudió la cabeza.

–Vas a salir perdiendo, Kate. Yo he contratado esta obra y quiero a mi contratista en California para una reunión.

Tenía razón. No podía salir ganando. No solo era el hombre que la estaba volviendo loca, sino que además era su jefe. Negarse a ir con él no era una opción. Pero por mucho que él dijera, no era solo una cuestión de negocios. Escondía otras intenciones, aunque ella no tuviera claro cuáles. ¿Sacarla del lugar donde se sentía protegida? ¿Mostrarle lo diferentes que eran sus estilos de vida? ¿Demostrarle que si quería a su bebé, tenía dinero y poder para conseguirlo?

De pronto se sintió muy angustiada.

–Haz equipaje para una semana –dijo, y miró a su alrededor como si el tema estuviera zanjado–. Tenías razón con lo de los suelos. Lijados y pulidos parecen nuevos y antiguos al mismo tiempo.

Sí, el hotel estaba precioso. Las paredes estaban pintadas, los suelos pulidos, los techos cubiertos por vigas que habían quedado como nuevas. Pero en ese momento ella no tenía ánimos para admirar el trabajo de su cuadrilla.

–Sí, el roble es una maravilla, pero sobre la cuestión…

–La cuestión es –la interrumpió él– que nos marchamos pasado mañana.

Capítulo Ocho

Todo empezó con un avión privado.

En cuanto subió a bordo, Kate supo que ya no volvería a conformarse con volar en clase turista. Tenían unos lujosos asientos de piel, una moqueta tan densa y afelpada que los zapatos se le hundían en ella y una azafata cuyo único deber era asegurarse de que disfrutara del vuelo a California. Desgraciadamente, la eficiente mujer no fue capaz de hacer que se le deshiciera ese manojo de nervios que tenía en el estómago.

Y ese manojo de nervios no hizo más que aumentar cuando aterrizaron y Sean condujo hasta su ático en la playa. Entrar en ese amplio espacio fue como una revelación. Sean daba la impresión de ser un tipo corriente al que le gustaba el surf, pero su casa definitivamente marcaba la diferencia de vidas que tenían.

El salón era amplio y estaba decorado con gusto y pensando en la comodidad. Alfombras en tonos neutros salpicaban unos suelos de madera. Mullidos sofás y sillones invitaban a las visitas a hundirse en ellos y sentirse cómodos. Un muro de ventanas ofrecía una magnífica vista del Pacífico y por las puertas dobles de cristal que daban a una terraza que bordeaba el edificio, la brisa del mar se colaba en la habitación.

Nerviosa, Kate recorrió el piso. Estaba sola, al igual que lo había estado la noche anterior durmiendo en una de las habitaciones de invitados. Sean no le había propuesto dormir juntos y una parte de ella se había sentido decepcionada por ello.

Esa mañana, cuando despertó, Sean ya se había ido, pero le había dejado una nota en el salón.

Me he ido a hacer surf. Siéntete como en tu casa. Volveré en un par de horas y después iremos a la oficina.

Así que Kate hizo café en la increíble cocina e intentó no sentir envidia del impresionante frigorífico y de los metros y metros de encimera de granito negro. Estaba segura de que la actividad culinaria de Sean no iría más allá de preparar una taza de café, y tal vez una tostada, así que era imposible que apreciara esa cocina.

Suspirando, se sacó el café a la terraza y se sentó para disfrutar de las vistas. En junio, cielos grises cubrían la costa de California cada mañana conteniendo el calor y dándole al Pacífico un aspecto plomizo. Unos barcos de colores vivos surcaban el océano y cerca de la orilla podía ver a unos cuantos surfistas montando las olas.

—¿Será Sean alguno de ellos? —se preguntó mientras pensaba qué haría durante los próximos días; unos días en los que dudaba que pudiera recuperar el equilibrio mental que había perdido.

Cuando le sonó el teléfono, respondió agradecida por la interrupción.

—Hola, Molly.

—Hola. ¿Qué tal?

—Bueno, aquí estoy, sentada en la terraza privada de un ático impresionante con vistas al océano.

—¡Vaya! Tiene pinta de ser muy duro estar allí.

Kate soltó una pequeña carcajada. Molly sí que sabía poner las cosas en perspectiva.

–La verdad es que tiene una casa preciosa, parece sacada de una revista. Deberías ver la cocina.

–Bueno, a diferencia de ti, a mí no me importan mucho las cosas de cocina. ¿Qué tal Sean? ¿Qué está pasando entre los dos?

–Nada –Kate dio un trago de café y suspiró–. No sé por qué estoy aquí. Te juro que aunque insistió en que era un viaje de negocios, una parte de mí se imaginaba que solo intentaba traerme aquí para meterme en su cama –vaya, qué egocéntrico había sonado eso–. Ya sabes, para tenerme contenta mientras él encontraba el modo de quedarse con nuestro bebé.

–Vamos, Kate…

–Pero anoche no intentó nada –dijo frustrada–. Nada. Me llevó a la habitación de invitados y ya.

Tenía que admitir que eso la había molestado un poco. Había pasado la mitad de la noche tendida en la cama imaginándolo en la habitación del otro lado del pasillo y deseando estar a su lado, lo cual la convertía en… ¿qué? ¿En una persona lamentable? ¿En una loca, una masoquista?

–Vaya, pues es una pena.

–Sí que lo es. Pero más que eso, es extraño. Lleva flirteando conmigo e intentando seducirme desde que nos conocimos y ahora, de pronto, ¿nada? También ha estado muy callado, y eso no es propio de él. Además, no deja de mirarme.

–Eso no parece malo.

–Pero me mira como si me estuviera estudiando, como si yo fuera un bicho bajo un microscopio y él estuviera intentando averiguar a qué especie pertenezco.

–Estás exagerando, cielo.

Pero Molly no conocía a Sean como lo conocía ella. Sí, cierto, no hacía mucho tiempo que se conocían, pero su relación había sido bastante intensa desde el principio. Estar con Sean la hacía sentirse más viva que sin él. Le gustaba discutir con él, reírse con él, y le encantaba que la abrazara.

–Creo que trama algo.

–¿No estás un poco paranoica? –preguntó Molly riéndose.

–Molly, me dijo que quiere al bebé y, a juzgar por este sitio y el avión privado, si quisiera quedarse con él, pediría la custodia y yo no tendría nada que hacer.

De inmediato, la actitud de su amiga cambió.

–No te hagas esto, Kate. No busques problemas. Espera a que lleguen.

–Pero si espero no puedo estar preparada –dijo mirando al océano. Aunque, por otro lado, era imposible estar preparada para Sean Ryan. Era como una fuerza de la naturaleza que entraba en su vida arrasándolo todo.

–Kate, hazte un favor. Disfruta de donde estás mientras estés allí y deja de preocuparte por lo que podría suceder antes de que suceda.

«Buen consejo», pensó Kate unos minutos después cuando colgó, aunque no sabía si lo podría seguir. Preocuparse por todo era una característica de su personalidad, así que ¿cómo podía evitar preocuparse por la posibilidad de perder a su hija?

–¿Kate, estás aquí?

Se levantó y, al girarse, vio a Sean entrando en el piso. Durante un segundo hizo exactamente lo que le había aconsejado Molly y se limitó a disfrutar de las

113

vistas. Él tenía el pelo aún mojado y la barbilla cubierta por una ligera barba. Llevaba una tabla de surf color rojo cereza bajo el brazo izquierdo y el traje de neopreno bajado hasta la cintura, que dejaba al descubierto sus brazos y su pecho.

La invadió un calor tan brusco y potente que la dejó sin aliento. Se obligó a respirar y a levantar la mirada de su torso para mirarlo a los ojos. Al hacerlo, vio que él era consciente de lo que estaba sintiendo. Pero ¿cómo podría saberlo cuando ella misma acababa de darse cuenta de que estaba enamorada de él?

Se tambaleó ligeramente cuando esa idea se instaló en su cerebro. Había estado luchando contra sus emociones demasiado tiempo. Había intentado ignorarlas, fingir que lo que sentía por Sean se limitaba a la cercanía asociada al hecho de que había sido su amante y que era el padre de su hija. Y cuando no había logrado ignorar esos sentimientos, se había mentido a sí misma.

No podía estar enamorada de un hombre capaz de arrebatarle todo lo que le importaba. No podía darle más poder del que tenía ya. Una sensación de pánico se le posó en la boca del estómago. Después de Sam había jurado no volver a amar a nadie, no volver a ponerse en la situación de experimentar el dolor de la pérdida otra vez. Pero parecía que la vida seguía su curso incluso aunque intentaras evitarlo.

–¡Oye! –exclamó Sean soltando la tabla de surf y corriendo hacia ella. La agarró de los brazos, la miró a los ojos y preguntó–: ¿Estás bien? Te has quedado blanca. ¿Es el bebé?

Ella solo podía pensar en lo bien que olía, pero reunió fuerzas para hablar.

–Estoy bien –le contestó viendo su mirada de preo-

cupación–. De verdad, estoy bien. Y el bebé también
–cambió de tema rápidamente–. ¿Lo has pasado bien?

–No había muchas olas, pero ha estado bien volver
a estar en el mar –se encogió de hombros y se pasó las
manos por el pelo.

Kate solo quería acariciar ese musculoso torso.

–Me voy a dar una ducha rápida y después iremos
a la oficina.

–De acuerdo –no quería imaginarlo en la ducha y se
preguntó si él le habría metido esa imagen en el cerebro a propósito. Sin embargo, la tranquilidad con que
salió de la habitación ignorándola le hizo desechar esa
teoría.

Así que, ¿qué tramaba? ¿Qué plan tenía?

Sean no tenía ningún plan.

Seguía pensando en el hecho de que Kate había sido
la esposa de otro hombre y no se lo había contado. Esa
mañana, al volver de la playa, había visto pasión y deseo en su mirada a pesar de los intentos que ella había
hecho por ocultarlo, pero se negaba a ser un sustituto
de su difunto marido. Había tenido que hacer acopio de
autocontrol para no cruzar la habitación y tomarla en
sus brazos desde el principio. Después la había visto
palidecer tanto que lo había invadido el pánico.

Una vez se asegurara de que eso no le volvía a suceder y de que se encontraba bien, necesitaría respuestas.

Observó cómo trabajaba con el departamento de
arte y oyó la deliciosa música de sus risas ante un co-
mentario que hizo Dave. Después Kate se echó el pelo
hacia atrás y se inclinó sobre el hombro de Dave mientras él tomaba notas en el ordenador.

–¿Se tiene que acercar tanto a él? –murmuró Sean.

–Me gusta.

Sean fulminó a su hermano con la mirada. No le agradaba haber estado tan centrado en Kate como para no percatarse de la presencia de su hermano.

–Sí, es buena. ¿Has visto con qué rapidez ha captado las ideas para los distintos tejados de las cabañas? Y me gustan los retoques que les ha hecho para que cada una tenga un estilo diferente.

–Ya me he fijado, pero no me refería a su trabajo. Me gusta ella en sí. Es simpática, divertida y muy guapa.

–Sí que lo es. Kate y Jenny parecen haberse caído muy bien.

Mike asintió y vio cómo su mujer se acercaba a Kate y a Dave.

Sean tenía la mirada clavada en los pantalones negros de Kate y en la camisa amarilla que definía su vientre redondeado. Algo en él se removió, una actitud protectora, una sensación de posesión que lo sorprendió por su intensidad. Y había algo más. No quería únicamente al bebé, también quería a Kate.

–La estás mirando.

–¿Qué? Y lo sabes porque tú me estás mirando a mí, así que para de una vez. ¿No hay otro sitio donde tengas que estar?

–No, ahí reside la belleza de ser jefe. Puedo estar donde quiera estar. Y ahora mismo quiero ver a mi hermano babear por una mujer embarazada –Mike sonrió cuando Sean se giró hacia él–. ¿Hay algo que te gustaría decir?

Sean salió de la sala y su hermano lo siguió. Una vez en el despacho de Mike, con la puerta cerrada, comenzó a caminar de un lado a otro con las manos en los bolsillos.

–¿Es tuyo, verdad?

Sean se detuvo, respiró hondo y miró a Mike.

–Sí. Es mía.

–¿Una hija? –Mike esbozó una amplia sonrisa–. ¡Excelente, enhorabuena! A nosotros nos dirán el sexo del bebé mañana.

Sean asintió; sabía lo emocionado que estaba su hermano con el bebé que esperaban. Habían formado una familia, estaban construyendo un futuro. Sean no había pensando mucho en el futuro, pero ahora que sabía que sería padre, muchas cosas estaban empezando a cambiar en su vida.

–Es genial, Mike. De verdad que sí.

–Sí –Mike se sentó en el borde del escritorio–. ¿Qué pasa, Sean?

–Bueno, no mucho. Solo que acabo de descubrir que voy a ser padre y la mujer que lleva a mi hija dentro no quiere saber nada de mí. Por cierto, ¿he mencionado que estaba casada pero que su marido murió hace dos años?

–¡Vaya!

Sean se dejó caer en un sillón y estiró las piernas.

–Me reconcome que no me dijera que estuvo casada. Sí, cierto, hace poco tiempo que nos conocemos y en realidad no tenía motivos para decírmelo, pero ¿por qué no lo hizo? De todos modos, ni siquiera sé por qué me molesta tanto.

–¿No lo sabes?

–¿Seguirá enamorada del difunto, Mike?

–No lo sé. ¿Por qué no se lo preguntas?

–Porque debería ser ella la que me tendría que haber hablado del bueno de Sam.

–Mira, no hace mucho tiempo me diste un buen consejo cuando Jenny me estaba volviendo loco…

–No es lo mismo –le interrumpió Sean. Mike había estado enamorado de Jenny, él sentía deseo por Kate. Había una gran diferencia.

–Cierto, pero el hecho es que me dijiste que debía hablar con ella, aclararlo todo, y tenías razón. ¿Por qué no sigues tu propio consejo? Habla con ella, Sean. Por el amor de Dios, vais a tener una hija juntos. ¿No crees que deberías solucionar esto?

–Sí, claro, pero la pregunta es cómo –se levantó del sillón y echó a caminar otra vez–. Mira, ahora mismo no tengo tiempo para esto. La semana que viene tenemos el gran lanzamiento, y aún nos quedan un millón de detalles por pulir.

–Ya.

–Aún estamos con los borradores para Dragon's Tears y sale en diciembre. Tenemos que terminar…

–Ya.

Sean se detuvo en seco y miró a su hermano.

–Vamos, dime qué estás pensando.

Mike se acercó a él.

–Siempre hemos tenido algún lanzamiento en la recámara y, con suerte, lo seguiremos teniendo durante los próximos cincuenta años. Pero también tienes una vida, Sean, y a veces tienes que sacar tiempo para ella.

–Sacar tiempo.

–Sí. Has traído a Kate aquí. Aprovecha y averigua qué quieres, después ve a por ello y deja de marearme.

Sean se rio y sacudió la cabeza.

–Vaya, ha sido un discurso conmovedor. De acuerdo. Hablando de sacar algo de tiempo, no vendré a trabajar mañana.

—Bien. Y antes de volver, mejora tu actitud, ¿de acuerdo?

—Lo intentaré.

Unas horas más tarde, Kate estaba sentada frente a Sean en el restaurante más elegante que había visto en su vida.

Se colocó la servilleta sobre el vestido negro que estrenaba y miró al guapísimo hombre que tenía delante. Ataviado con vaqueros y camisa, era complicado resistirse a Sean, pero con un traje negro y una corbata azul zafiro resultaba impresionante. Parecía como si hubiera nacido para frecuentar lugares como ese, y de hecho se le veía tan cómodo en esa exquisita atmósfera como inquieta se sentía Kate.

Razón de más para saber que amarlo no le traería más que problemas.

—Estás preciosa.

—Gracias.

Había habido cierta tensión entre los dos durante todo el día. Era como si estuvieran siendo cautos y midiendo y sopesando mucho cada palabra mientras que lo que se callaban quedaba pendiendo entre los dos como un campo de minas.

—¿Qué te parece California?

Ella le sonrió.

—Lo que he visto es precioso. Me encantan las vistas que hay desde tu terraza.

—Por eso lo compré. Me gusta ver el océano cuando me levanto.

—¿Puedes verlo desde tu dormitorio?

Él enarcó una ceja.

–Si te hubieras venido conmigo anoche, podrías haberlo descubierto por ti misma esta mañana.

–No me invitaste.

–No necesitas invitación y lo sabes.

Si hubiera ido a su habitación la noche anterior, las vistas habrían sido lo último que le habría interesado.

–La verdad es que es la segunda vez que estoy en California. Aunque, claro, la primera vez tenía diez años y mis padres me llevaron a Disneylandia.

Sean sonrió y la sonrisa se le reflejó en los ojos.

–Todos los niños deberían tener la oportunidad de ir allí.

–Seguro que tú ibas mucho.

–La verdad es que no. A mis padres les gustaba más salir de acampada y explorar que los parques temáticos.

–Pues esta noche no tienes pinta de campista.

–Y tú no tienes pinta de ser una contratista que lleva un cinturón de herramientas como otras mujeres llevan diamantes.

–Pero esa soy yo. Los lugares como este no forman parte de mi vida.

–Podrían hacerlo.

–No es que haya muchos restaurantes de cinco tenedores en un pueblecito de Wyoming –se le empezó a acelerar el pulso, pero lo controló a tiempo. Su vida no estaba allí en California. Ni siquiera aunque sucediera un milagro y Sean y ella encontraran el modo de hacer que las cosas funcionaran entre los dos, podría quedarse allí. Tenía un negocio, gente que dependía de ella y, además, quería criar a su hija en el lugar donde había crecido.

En un lugar con más árboles y menos gente y noches de verano en el jardín contemplando las estrellas.

Con picnics por el Cuatro de Julio y muñecos de nieve y patinaje sobre hielo en invierno. En un lugar con pequeñas escuelas y grandes sueños. Quería eso para su hija y sabía que no podría encontrarlo en California.

Él la observaba con atención.

–Me estás mirando otra vez.

–Me gustan las vistas –contestó Sean antes de dar un sorbo de café.

–Ya estás otra vez rezumando encanto –dijo Kate con una sonrisa–. Me preguntaba si volvería a verlo.

–¿Qué quiere decir eso?

–Que nunca te había visto tan callado como en estos dos últimos días.

Él bajó la mirada a su vientre deliberadamente.

–Últimamente tengo mucho en lo que pensar.

–En eso tienes razón –respondió ella, y decidió cambiar de tema, pasar a un asunto menos cargado de emociones que ninguno de los dos quería compartir–. Bueno, ¿sueles venir mucho aquí a celebrar cenas de negocios?

Él sonrió y los ojos se le iluminaron con el brillo de las velas.

–La verdad es que no.

–Pero me has traído aquí. ¿Por qué?

–¿Es que no te ha gustado la cena?

–Ha sido maravillosa, pero eso no responde a mi pregunta.

–Pues la respuesta es muy sencilla. Simplemente quería llevarte a un sitio bonito –se levantó y se le acercó para ayudarla a levantarse–. Y ahora, quiero enseñarte otra cosa.

Cuando ella le dio la mano, sintió la corriente que siempre le recorría cuando Sean la tocaba. ¿Cómo po-

121

dría vivir sin sentir eso cada día? ¿Se pasaría el resto de su vida echándolo de menos?

–¿Adónde vamos?

–Es un secreto. Te gustan los secretos, ¿verdad, Kate?

Condujeron por la costa en el Porsche. A su derecha, el océano resplandecía bajo la luz de la luna; a su izquierda, observaba al hombre que con su encanto y su sonrisa la había atraído y desestabilizado.

–¿Ahora quién está mirando a quién?

–Solo intento averiguar qué piensas.

Él se rio.

–No soy tan profundo, Kate. No tienes que esforzarte tanto.

–No tendría ni que intentarlo si me dijeras qué está pasando.

–No hace ninguna gracia no saber lo que está pasando, ¿verdad?

Ella se mordió el labio para contenerse y no responder. ¿No se había disculpado ya por no haberle contado lo del bebé?

No dijo nada más mientras Sean hacía un giro a la derecha junto al cartel que anunciaba un mirador. Bajaron del coche y él la llevó de la mano hasta la baranda blanca situada en el borde del precipicio.

–Este es uno de mis lugares favoritos. Solía venir aquí cuando tuve mi primer coche. Me sentaba en el capó y me quedaba contemplando el mar durante horas.

–Es precioso.

–Sí. Cuando el cielo está despejado, se puede ver toda la costa y a veces incluso se puede ver Catalina. En las noches de niebla parece una imagen salida de un sueño. Aunque la mayoría de noches son como esta y desde aquí las luces de la ciudad no parecen tan brillantes, tan fuertes.

Mientras lo escuchaba, Kate lo imaginaba de adolescente, allí en la oscuridad, contemplando el mundo. ¿No había hecho ella lo mismo cuando de niña iba al lago y veía la luna y las estrellas danzar sobre la superficie del agua?

–Son muchas más luces de las que estoy acostumbrada a ver de noche.

–Tú también tienes luces, se llaman estrellas. Nunca he visto tantas, y eso que he acampado incluso en el desierto.

–Es verdad –alzó la mirada y vio solo un cuarto de las estrellas que habría visto en casa. Allí había demasiadas luces como para dejar que el cielo brillara como debía.

Se estremeció ligeramente por el viento y se asomó para ver el fondo del precipicio, donde las olas chocaban con fuerza contra las rocas.

–¿Tienes frío?

–Un poco –mucho, en realidad. Aunque cuando Sean la rodeó con su brazo y la llevó contra sí, el frío quedó solo en un lejano recuerdo.

–Cuando era pequeño venía aquí y nadie sabía dónde estaba. Este lugar era mi secreto.

–No dejas de hablar de secretos. ¿Por qué, Sean?

–¿Por qué no me dijiste que estuviste casada? ¿Que tu marido había muerto?

Capítulo Nueve

Kate sintió como si los pulmones se le hubieran quedado sin aire. Su padre. Cerró los ojos por un instante al darse cuenta de que su padre debía de haberle hablado de Sam.

Se lo tendría que haber imaginado. Tendría que haberse anticipado a ello. A Harry Baker no le hacía ninguna gracia que su hija embarazada estuviera soltera, y seguro que había hecho lo posible por convencer al padre de su nieta de qué sería «lo correcto».

Ahora el brazo de Sean le parecía una jaula que la encerraba donde no quería estar. Necesitaba un poco de espacio, de aire.

—Suéltame.

—No. Habla conmigo.

—¿De qué? Al parecer, mi padre ya te lo ha contado todo.

—No todo —respondió Sean sujetándola contra él—. No me supo decir por qué me ocultaste lo de Sam.

—Porque mi matrimonio no tenía nada que ver con lo que pasó entre los dos.

—¿Eso es lo que crees?

Cuando Sean le sujetó la barbilla para que lo mirara a los ojos, en ellos vio rabia, pero también una sorprendente capa de dolor y pesar.

—¿Y cuándo se suponía que tenía que habértelo dicho, Sean? ¿Antes del sexo o directamente después?

–No fue solo sexo, Kate. Lo que pasó entre nosotros fue más que eso y deberías habérmelo contado.

–¿Y en qué momento podría haberlo mencionado, Sean? Bueno, ya sé: «Ayúdame a arrancar la moqueta de la escaleras y, por cierto, ¿te he dicho ya que soy viuda?» –lo empujó–. Suéltame de una vez.

Él la soltó y Kate se alejó unos pasos. Sean no se movió.

–Yo no hablo de Sam, no lo hablo con nadie. Se ha ido, ya está, y cuando murió, una parte de mí murió también con él.

–Kate…

–¡No!

¿Por qué tenía que amarlo? Perder a Sam le había hecho mucho daño y sabía que perder a Sean sería mucho peor, no solo porque lo que sentía por él iba mucho más allá de lo que había sentido por su marido, sino porque, si lo perdía, sabría que él seguía viviendo, aunque sin ella.

–Querías oírlo, así que calla y escucha –tomó aire y dijo–: Éramos felices. Sam era un hombre dulce con una sonrisa amable y un gran corazón. Llevábamos casados un par de años y estábamos hablando de formar una familia, pero tuvo un accidente en la obra y murió. Hace dos años. Y cuando murió, mis sueños de tener hijos, de formar mi propia familia, murieron con él.

–Hasta que descubriste que estabas embarazada –añadió él.

–Sí. Este bebé es un milagro para mí, Sean. Los sueños que dejé morir vuelven a estar vivos gracias a ella.

–Por eso no me lo dijiste –dijo Sean acercándose a ella–. Si no me decías que era mi hija, podías fingir que era el bebé de Sam.

Kate echó la cabeza atrás como si la hubieran abofeteado. Contuvo las lágrimas. Sí, era cierto. Había fingido que el bebé que llevaba dentro era el hijo que Sam y ella tanto habían deseado. No había querido implicar a Sean porque lo suyo había sido pasajero, no podía haber esperado nada de él.

Pero lo cierto era que no había sido algo pasajero, y eso era lo que la aterraba.

Aquellos días atrapados por la nieve le habían abierto el corazón, la mente y el alma. Él había tocado lugares de su interior a los que nadie había accedido, y eso la asustaba. La asustaba tanto que había encontrado el modo de evitar volver a verlo.

Quería negarlo, quería decirle que se equivocaba. La verdad era dura, pero mentir no solucionaría nada.

–Tienes razón, Sean. Intenté fingir que este bebé era de Sam. Lo que sentimos e hicimos los días que estuvimos juntos se salió tanto de mi vida normal que tuve que encontrar un modo de protegerme. Además, hiciste hincapié en el hecho de no querer tener familia y pensé que no debía implicarte. Supongo que me equivoqué. Debería habértelo dicho.

–Sí, deberías. Pero hay cosas difíciles de hablar y de recordar.

¿Seguía hablando de ella o él también guardaba secretos?

–¿Aún lo quieres?

–¿Qué?

–A Sam –le dijo mirándola fijamente–. ¿Aún lo quieres?

–Siempre lo querré, Sean. Fue mi marido y murió. No es algo que pueda olvidar e ignorar.

Kate había querido a Sam como a un dulce primer

amor y siempre atesoraría esos recuerdos, pero lo que sentía por Sean era mucho más profundo, más intenso, imposible de comparar. Sam había sido tan suave y delicado como el brillo de una vela; Sean era el mismísimo sol. Un sol que podía abrasarla si se acercaba demasiado y del que, aun así, no se veía capaz de alejarse.

Cuando Sean se acercó más, ella tembló, y no fue por el viento con aroma a mar. Fue el calor de su mirada lo que la hizo reaccionar así. Lo amaba y sabía que no debía hacerlo. Sabía que tenía que detener ese sentimiento.

Él posó las manos en su cintura y susurró:

−¿En quién piensas cuando te beso, Kate? ¿En Sam o en mí?

Ella le acarició una mejilla y le dijo la verdad.

−¿No lo sabes? ¿No lo sientes cuando me tocas? En ti, Sean. Solo pienso en ti.

−Buena respuesta −murmuró él antes de besarla.

Kate se dejó arrastrar por el beso y dejó que el frío viento la envolviera para hacer frente al calor que irradiaba del cuerpo de Sean.

Sus brazos eran como hierro y su corazón latía con fuerza contra ella. Su sabor la llenaba y se rindió a él ignorando las preocupaciones y los miedos que la asaltaban. El presente era lo único que importaba. Lo único que tenía.

Despertarse con Kate recostada en su pecho no le produjo la más mínima sensación de pánico, y Sean pensó que tal vez eso debería preocuparle. Ninguna mujer se había quedado nunca a dormir con él y no solía llevarlas a su casa. Ese piso había sido como un santuario para él. Sin embargo, durante la última semana lo había compartido con Kate y… se había sentido bien.

Ella despertó lentamente, deslizó el pie por su pierna y Sean pasó de sentirse saciado a hambriento en un instante. Kate lo miró y le sonrió.

—Buenos días.

—Y mejoran a cada segundo que pasa —respondió él sonriendo.

La tendió boca arriba y la miró a los ojos mientras le acariciaba el cuerpo volviendo a recorrer cada línea que ya conocía y disfrutando de las nuevas curvas provocadas por su abultado vientre. La besó ahí, sobre el corazón del bebé, y después la besó en la boca. Kate se arqueó hacia él y pronunció su nombre entre suspiros mientras sus caderas se mecían al ritmo de su mano. Cuando un delicado éxtasis se apoderó de ella, Sean le cubrió el cuerpo con el suyo y se adentró en ella, pudiendo sentir aún sus temblores de placer.

El alba salpicaba el cielo de tonos rosados, violetas y rojos mientras él se movía dentro de su cuerpo con una delicadeza que no había experimentado nunca antes. Ella le respondía con la misma dulzura, con suaves suspiros y susurros que tenían sentido solo cuando dos personas se convertían en una.

Sean la miró a los ojos y observó cómo el clímax se apoderaba de ella. Ella gimió su nombre y él hundió la cara en la curva de su cuello cuando su cuerpo se rindió y se vació en su interior. Y así permanecieron, unidos.

***

Unas horas más tarde fueron a la oficina. Mientras Sean hacía varias llamadas, Kate trabajaba con Jenny en el departamento artístico.

En los últimos días habían adoptado una rutina: desayunar en la terraza. Qué maravilla que Kate no solo supiera cocinar, sino que además disfrutara haciéndolo. Le gustaba ese momento que compartían por las mañanas, riendo, charlando. Nunca había disfrutado tanto de la compañía de una mujer. Era inteligente, creativa y la mujer más fuerte que había conocido nunca. Admiraba que no quisiera que la protegieran o le dijeran lo que debía hacer y que no tuviera ningún problema en plantarle cara y decírselo. Había perdido a su marido y, en lugar de quedarse parada compadeciéndose de sí misma, había convertido su empresa de construcción en un negocio próspero y ahora estaba decidida a criar a su hija sola… aunque eso él no lo toleraría.

Sean frunció el ceño y giró la mirada hacia el jardín. Celtic Knot había visto muchos cambios en los últimos años: Brady estaba casado, vivía en Irlanda y era padre de un niño. Mike se había casado, estaba a punto de convertirse en padre de un niño y dejaba que su mujer lo llevara de un lado a otro en busca de una casa nueva.

–¿Y yo? –se preguntó en voz alta–. Voy a tener una hija con mi amante, que ya ha empezado a hablar de volver a Wyoming.

La notaba inquieta y sabía que estaba preparada para volver a casa y al trabajo. Lo que no sabía era cómo podría vivir él cuando se marchara y cada rincón de su piso le recordara a ella. No podría sentarse en la terraza sin pensar en tortitas caseras y en besos con sabor a sirope.

No, de ningún modo. Él se ganaba la vida negociando con gente, solucionando problemas y saliéndose siempre con la suya. No saldría perdiendo en esta situación. No, cuando Kate era más importante que cualquier otro reto al que se hubiera enfrentado.

Quería a Kate Wells. Quería a su hija y no las perdería a ninguna de las dos.

Kate disfrutaba de la atmósfera que se respiraba en el departamento de arte, con todo el mundo esforzándose para hacer el mejor trabajo posible. Le recordaba al modo en que su gente y ella trabajaban en las obras. Y también admiraba la creatividad del equipo y le había resultado fascinante ver cómo esa gente había pasado la última semana convirtiendo mitos en realidad.

–Nunca me había imaginado cuánto trabajo supone crear un videojuego.

–Créeme –le dijo Jenny con una sonrisa–, te entiendo. Cuando empecé a trabajar aquí me sentí abrumada por el trabajo tan minucioso que conlleva, pero ahora me encanta –se recostó en la silla y posó una mano sobre su barriga.

Kate hizo lo mismo y pensó en lo agradable que era compartir con una amiga lo que estaba sintiendo. Salían de cuentas con pocas semanas de diferencia y durante la última semana habían creado un estrecho vínculo.

–¿Lo tuyo es un niño, verdad?

–Sí. Mike está emocionado, es adorable. Aunque seguro que me entiendes, porque Sean está muy ilusionado por tener una hija. Le he oído decirle a Mike que su niña algún día será la primera mujer lanzadora en las grandes ligas de béisbol.

Kate sonrió. Que deseara a su hija tanto como ella le alegraba, pero también le preocupaba.

Durante la última semana se había sentido como si los dos hubieran estado jugando a las casitas: durmiendo acurrucados, despertando juntos, desayunando en la terraza, hablando de cómo les había ido el día durante la cena. Ella había ido a la playa a verlo surfear y se había sentido como una adolescente esperando a que su novio saliera del agua para tumbarse en la arena juntos. Habían pasado cada noche haciendo el amor en la enorme cama con vistas al océano, y cada mañana había despertado con sus besos.

¿Cómo iba a marcharse a casa y fingir que no echaría de menos todo eso? ¿Que no lo echaría de menos a él?

Pero tenía que marcharse. Pronto. Su cuadrilla la necesitaba, tenía una casa y una vida a las que volver. Sin embargo, sabía que en cuanto mencionara el asunto, provocaría una discusión.

–¿Cómo lo haces? –le preguntó de pronto a Jenny–. ¿Cómo puedes sobrellevar estar con un hombre que está tan seguro de sí mismo todo el tiempo?

Jenny se rio y dijo:

–Bueno, a veces no es fácil, pero nunca resulta aburrido estar con un Ryan.

–¿Y discutís mucho? No es que quiera ser entrometida, pero es que Sean y yo sí que solemos discutir. ¡Es tan cabezota!

Jenny soltó una carcajada.

–Nuestras discusiones son legendarias. Cuando empezamos, todo el mundo se pone a cubierto. Mike tiene la cabeza más dura que una roca y yo soy igual, así que cuando no nos ponemos de acuerdo, armamos una buena. Pero, claro, merece la pena porque luego hacemos las paces –añadió con un suspiro de ensoñación.

Era curioso que Sam y ella nunca hubieran discutido. Provenían del mismo lugar, habían querido las mismas cosas y había sido muy fácil estar con él. Pero si tenía que ser sincera, debía admitir que las chispas que saltaban entre Sean y ella eran parte de lo que hacía que estar con él fuera tan excitante.

–Kate. Sé que no es asunto mío, pero ¿tienes pensado quedarte con Sean?

No, no podía quedarse. Su vida estaba en Wyoming. Tenía que volver a su vida real y cuanto antes mejor, por el bien de los dos. Mirando a Jenny, respondió:

–No. Me marcho a casa. Mañana.

Y ahora tenía que decírselo a Sean.

Esa noche salieron a cenar, fueron a un concierto en el parque y después pasearon de vuelta al ático. Sean llevaba planeándolo todo el día y sabía que solo había un modo de solucionar la situación. Lo único que tenía que hacer era convencerla de que él tenía razón.

Durante la última semana Kate no solo había provocado cambios en él, sino que además había hecho cambios en su casa. Ahora había jarrones llenos de flores frescas, fruta en una bandeja sobre la encimera y el aroma a galletas de chocolate que había hecho la noche anterior aún perduraba. El sello de Kate estaba por todo el lugar, y también en él.

–¿Quieres una galleta? –le preguntó ella dirigiéndose a la cocina.

–No, quiero hablar contigo –respondió Sean agarrándola de la mano y llevándola hacia sí.

–De acuerdo, porque yo también tengo que hablar contigo.

–Bueno, en condiciones normales diría que las mujeres primero, ya que mi madre me daría una paliza si no lo hiciera –le sonrió–, pero llevo pensando en esto todo el día y quiero decirlo de una vez.

Ella sonrió.

–De acuerdo. ¿Qué pasa?

–He pensado mucho en nuestra situación –dijo ahora acariciándole los hombros– y creo que tengo la solución.

–Sean…

–No, deja que termine. Kate, nos llevamos estupendamente. Tenemos un sexo increíble y vamos a tener un bebé juntos. Creo que sabes que solo hay una respuesta correcta para esto. Cásate conmigo.

La había sorprendido, pudo verlo. Pero lo que no pudo ver en su expresión fue ni emoción ni placer. Vio pesar, y eso hizo que un intenso frío se apoderara de su corazón.

–No.

–¿No? ¿Eso es todo?

–No quieres casarte conmigo, Sean.

–Pues yo creo que sí, ya que soy yo el que lo ha propuesto.

–Ya he estado casada antes y no quiero volver a correr el riesgo de sufrir.

–No tienes por qué sufrir. No estoy hablando de amor. Un matrimonio basado en la necesidad mutua es seguro. Ninguno arriesga más de lo que está dispuesto a perder. Es la solución perfecta, Kate. Lo sabes.

–No necesito que cuides de mí, Sean. Sé cuidar de mí misma, así que ¿por qué iba a casarme contigo?

Se quedó frío por dentro. No lo necesitaba, al igual que Adrianna.

–Además, mi vida está en Wyoming y la tuya está aquí. No puedo renunciar a las montañas y cambiarlas por multitudes y tráfico, y sé que tú no quieres alejarte del mar, así que no funcionará. Te agradezco la oferta, pero…

–Ahórrate tu agradecimiento. Además, ¿qué hacemos con el bebé?

–Te prometo que te informaré regularmente sobre cómo está –le dijo ella mirándolo fijamente–. Y tampoco intentaré alejarla de ti.

–¿Y ya está? ¿Nos separamos y punto? –le preguntó rodeándole la cara con las manos.

–Nunca estaremos separados del todo –respondió ella posando las manos sobre las suyas–. Siempre compartiremos una hija.

Sin embargo, lo intentaría una vez más. Tenía que luchar por lo que quería.

–No es suficiente. Estamos bien juntos y lo sabes, Kate.

–Sí –le contestó, y retrocedió un paso–. Pero eres un peligro para mi corazón, Sean, y no quiero correr ningún riesgo otra vez.

–Nadie ha dicho nada de amor aquí, Kate –le importaba, por supuesto, y era la madre de su hija, pero no la amaba.

–Lo digo yo, Sean. He cometido el error de enamorarme de ti y ahora tengo que marcharme para poder superarlo.

–¿Qué? –preguntó. Por un segundo todo su mundo se sacudió.

–Te quiero, Sean. Me quise resistir, aunque resulta

que eres tan encantador como decías. Pero no puedo estar enamorada, Sean. No me lo voy a permitir. Así que no puedo casarme contigo.

No se casaría con él, pero lo quería. ¿Qué significaba eso? Sean dio un paso atrás, tanto física como mentalmente. Pensó en cómo había cambiado la vida de su hermano en cuanto había admitido querer a Jenny, en cómo había dejado de tener una mesa de billar en su salón. Pensó en Brady, que había renunciado a su hogar para mudarse a Irlanda por amor. Pues bien, su mundo era tal cual como le gustaba. Hacía lo que quería y cuando quería. Si eso lo convertía en un cretino egoísta, tendría que vivir con ello.

–Bueno, ¿y cuándo te marchas? –preguntó finalmente, metiéndose las manos en los bolsillos.

–Mañana. Encontraré el mejor vuelo posible y…

–No seas ridícula, vuela en el avión de la empresa.

–No puedo…

–¡Maldita sea, Kate! –si no amaba a Kate, ¿por qué le enfurecía tanto que ella lo amara y quisiera «superarlo»?

–No me grites.

–¡Pues entonces no digas estupideces! –contestó con furia–. Lo siento, lo siento. Vuela en el avión de empresa. No quiero tener que preocuparme por imaginarte en un avión abarrotado de extraños estornudando encima de ti y haciendo enfermar a mi hija.

A ella se le escapó una carcajada.

–De acuerdo. Gracias.

–De nada. Me llamarás cuando llegues a casa.

–¿Es una orden?

–Y tanto que lo es –le dijo antes de abrazarla. Y mientras lo hacía, fue consciente de que no quería dejarla marchar.

Capítulo Diez

Kate se marchó a la mañana siguiente con un beso y la promesa de mantener el contacto. Y Sean la dejó marchar. ¿Qué opción tenía? Había sido ella la que había metido el amor en su relación mientras que él había buscado un simple acuerdo entre dos amantes, entre los padres de una niña que ambos deseaban. ¿Qué tenía que ver el amor con todo eso?

Que Kate se marchara sería para bien, se dijo, aunque no lo sintiera en ese momento. Pero en lugar de pensar demasiado en ella o pasar demasiado tiempo en un piso vacío, decidió centrarse en el lanzamiento del nuevo juego.

Hasta el momento, The Wild Hunt estaba siendo su mayor éxito. Pasó horas y horas cada día al teléfono, creando nuevos contactos y negociando nuevos tratos con antiguos clientes, y cuando llegaron los primeros informes de ventas, Mike y él hicieron una videollamada a Irlanda para que los tres socios pudieran hablar de las últimas noticias.

—Las cifras europeas son increíbles —les dijo Brady con una amplia sonrisa—. Tenemos más pedidos de los que podemos abarcar. He encargado una segunda remesa a la empresa distribuidora para que podamos aprovecharnos del tirón del juego.

—Buena idea —dijo Sean.

—Y creo que deberíamos contratar otra distribuidora

más antes de que lancemos Dragon's Tears en Navidad para no volver a quedarnos cortos.

–Tiene sentido –respondió Sean mirando a Mike–. Ya que aquí hemos tenido el mismo problema para cubrir todos los pedidos, he estado buscando distribuidoras nuevas. Esta semana voy a ir a Montana a ver una.

–Montana. ¿No está cerca de Wyoming? –preguntó Brady.

–Sí –respondió Mike–. Y no. No va a pasar a ver a Kate.

–¿Y por qué no? Va a tener una hija tuya, idiota.

–Gracias por el apoyo, chicos, pero creo que puedo ocuparme de mi vida, gracias.

–Pues a mí no me lo parece –murmuró Mike.

–A mí tampoco –apuntó Brady–. ¿Es que no has aprendido nada viéndonos estropearlo todo a Mike y a mí?

–Sí, he aprendido que estar enamorado es como una patada en el culo –dijo Sean, y dio un trago de cerveza.

Era tarde y en la oficina solo quedaban ellos. Pronto Mike volvería a casa con Jenny y él estaría solo. Y así era como le gustaba.

–Pues querer a Jenny es lo mejor que he hecho nunca –dijo Mike.

–¿Ah, sí? ¿Cuántas veces te has quejado por haber perdido tu mesa de billar? ¿Y cuántas casas te ha hecho visitar Jenny esta semana?

Mike suspiró.

–Ocho. Y tendré una mesa de billar nueva cuando por fin se decida por una casa.

Sean resopló.

–¿Y tú? –preguntó dirigiéndose a Brady–. Te mudaste a Irlanda por tu mujer.

–La mejor mudanza que he hecho en mi vida.

A Sean no lo convencían.

–Jenny me ha dicho que ha hablado con Kate esta mañana.

–¿Por qué? ¿Va todo bien? –le preguntó Sean al instante, preocupado.

–¿Lo has visto? –le preguntó Mike a Brady–. Sí, Sean, ya veo que no te importa Kate.

–Nunca he dicho que no me importe. He dicho que no la quiero.

–Eso véndeselo a otro que te lo quiera comprar –contestó Brady con sarcasmo.

–Bueno, tú solo dime qué quería cuando ha llamado a Jenny.

–No lo sé. Algo sobre que la niña se mueve mucho y quería saber si a Jenny le pasaba lo mismo.

La niña se movía mucho y él no estaba allí para experimentarlo. Pensarlo le removió por dentro. Le había pedido que se casara con él cuando nunca había querido casarse con nadie. Ella llevaba cuatro semanas fuera y echarla de menos ya se había convertido en parte de su vida. Aún no podía entrar en casa sin verla, sin olerla, sin desearla.

Apretó los dientes y dijo:

–La llamaré mañana para ver cómo está.

–Sí, eso, hazle una llamada a la madre de tu hija. Buena idea.

–¿Por qué te pones así conmigo? –le preguntó Sean a su hermano.

–Porque estás siendo un idiota y me pone enfermo.

–A mí también –señaló Brady desde Irlanda.

–Gracias. No hay nada como que te insulten a larga distancia.

–¿Qué quieres? –Mike dio un golpe en la mesa–. Lleva fuera un mes y estás más insoportable que nunca.

Sean respiró hondo. Tal vez su hermano tenía razón, pero tampoco es que fuera fácil soportarlo a él la mayoría del tiempo.

–Mira, Kate tenía que volver a casa. Tiene trabajo. Yo trabajo aquí. No es para tanto.

¿Habrían captado la enorme mentira que había dicho? Oír a Kate decir que no lo necesitaba lo había afectado mucho y, aunque lo superaría y asumiría que no lo quería a su lado, no pensaba alejarse de su hija. Nada lo mantendría alejado de la niña. Ni siquiera su madre.

–Entonces, vas a dejar que sea ella la que tome la decisión.

–Es mi vida, es asunto mío. No os metáis.

–Muy bien –Mike se encogió de hombros–. No hay cura para los idiotas –añadió dirigiéndose a Brady.

–Eso he oído –contestó su amigo antes de cambiar de tema–. Bueno, ya nos están haciendo encargos para el juego de Navidad. Los jugadores ni siquiera han terminado con The Wild Hunt y ya están hablando del siguiente videojuego.

–Es genial –apuntó Mike–. Sean, ¿qué nos puedes contar de esa nueva distribuidora?

Sean sacó sus notas y se volcó en el trabajo, porque pensar en Kate lo volvería loco.

Kate llevaba dos meses en Wyoming y aún se despertaba alargando el brazo sobre el colchón en busca de Sean. Comenzar cada día con decepción y tristeza le estaba pasando factura. Estaba cansada todo el tiempo y cada día se iba acercando más el momento del parto y de conocer a su bebé, y Sean no estaría con ella.

Debería haber estado viviendo toda la experiencia a su lado. Cada vez que la niña le daba una patada, pensaba «Sean debería sentirlo». Cuando montó la cuna que había comprado pensó en lo mucho que se habrían divertido si Sean la hubiera ayudado porque, aunque sus habilidades con las herramientas no eran brillantes, habrían estado juntos haciendo algo por su hija.

La pena la invadía.

Las llamadas y las videollamadas no eran suficiente, porque verlo, oírlo, solo hacía que lo echara en falta más aún. Molly hacía lo que podía por distraerla, Harry estaba preocupado y pendiente y su cuadrilla había asumido más trabajo, ya que ella no estaba siendo muy productiva en el momento.

La familiar sinfonía de herramientas eléctricas y gritos la recibió cuando entró en el hotel. Ya estaba casi terminado y los chicos estaban dando los últimos retoques y trabajando en las cabañas. Al salir al porche y verlas sonrió. Parecían sacadas de un bosque encantado, con sus tejados curvados, puertas arqueadas y ventanas redondas. Los detalles estaban cobrando vida haciendo que cada cabaña resultara distinta. Su favorita era la azul zafiro con la puerta verde esmeralda. Cada una tenía incluso una diminuta chimenea. Era un lugar mágico y deseaba que Sean hubiera estado allí para verlo todo.

Cuando le sonó el teléfono indicándole una videollamada, el corazón le dio un brinco e incluso la bebé le dio una patadita como si supiera que su papá las estaba llamando. ¿Habría sentido la pequeña que Kate estaba pensando en él?

–Sean, hola –qué guapo estaba… ¡Y qué lejos!

–¿Qué tal, Kate?

Estaba en su despacho, en el mismo donde habían compartido una pizza una noche y donde la había sentado sobre su regazo mientras respondía a las llamadas. Se le encogió el corazón y suspiró ante los recuerdos.

–Todo bien –respondió forzando una sonrisa–. Casi hemos terminado con el hotel, solo quedan algunos detalles, y ahora la cuadrilla está centrada en las cabañas, que están maravillosas.

–¿Sí? –preguntó él con una media sonrisa.

Una sonrisa que ella deseaba besar.

–Míralo por ti mismo –giró el teléfono y lo movió lentamente, captando la imagen de cuatro de las cabañas, que parecían pequeñas joyas entre los árboles.

–Excelentes, Kate. De verdad –respondió Sean cuando se estuvieron mirando de nuevo. Se pasó la mano por la nuca y ella casi esbozó una sonrisa al ver el gesto; era lo que hacía siempre que estaba nervioso. Le alegró saber que para él tampoco era fácil verse así–. Quería decirte que vamos a mandar a un par de diseñadores para las ilustraciones de las paredes.

–Genial. ¿Tú también vienes? –preguntó de pronto esperanzada.

–No. Durante las dos próximas semanas tengo reuniones que no puedo aplazar.

–De acuerdo –asintió y volvió a sonreír–. ¿Cuándo llegarán?

–Durante la semana que viene. Se instalarán en un par de habitaciones del hotel y harán el trabajo lo más rápido posible.

–Entonces, les traeré provisiones.

–Sería estupendo, gracias –y bajando la voz, añadió–: ¿Cómo estás, Kate?

–Estoy bien –respondió alzando la barbilla y negándose a rendirse ante la dolorosa soledad que se apoderaba de ella–. Ayer fui al médico. Dice que la niña está perfectamente sana y creciendo lo debido.

–Bien. Me alegro. Por cierto, Jenny dice que su bebé no deja de moverse. ¿La nuestra también?

Kate contuvo las lágrimas. Él debería estar allí, se dijo, sintiendo cada patadita y cada movimiento. Tal vez debería haber aceptado la propuesta de matrimonio. Sin embargo, por otro lado, sabía que había hecho lo correcto porque lo amaba, pero él no sentía lo mismo.

–Sí. Ayer se pasó la noche dando brincos. Apenas pude dormir.

–Pues eso no será bueno. Tienes que descansar, Kate…

–Me estoy cuidando, Sean –lo interrumpió–. Todo va bien. Estamos bien. ¿Y qué tal va todo por allí? ¿El juego se sigue vendiendo bien?

–Mejor que ningún otro, de momento –respondió él, aunque sin ilusión en la mirada.

–Bueno, me alegro.

–¡Kate!

Ella alzó la mirada hacia uno de los obreros, que la llamaba desde una cabaña.

–Sean, lo siento, te tengo que dejar. Lilah quiere consultarme algo de una cabaña.

–Sí, yo también tengo que colgar. Mira, te llamo dentro de un día o dos, ¿vale? Y ten cuidado.

–No te preocupes. Cuídate tú también, Sean –y contuvo las ganas de tocar la pantalla, como si así pudiera acariciarle la mejilla.

Dos semanas más tarde, Sean estaba trabajando en el despacho cuando Mike asomó la cabeza por la puerta y gritó:

—¡Jenny está en el hospital!

Sean se levantó de un salto.

—Yo conduzco.

Ya una vez en la carretera, mientras adelantaba coches como si fuera un piloto compitiendo en Indianápolis, preguntó:

—¿Qué ha pasado?

—Estaba de compras y ha empezado a encontrarse mal. Dice que ha empezado a sangrar y el médico le ha dicho que fuera al hospital. Por Dios, Sean, no podría vivir sin Jenny y sin el bebé.

—No los vas a perder —dijo Sean rezando por no equivocarse.

—Debería haber ido a comprar con ella. Estaba ocupado y tan harto de buscar el sofá perfecto que le he dicho que no. La he dejado ir sola. Qué idiota, ¿en qué estaba pensando?

—Estabas pensando que estaría perfectamente bien comprando sola. No es culpa tuya, Mike.

Sean también estaba aterrado, pero se controló y habló para intentar calmar a su hermano.

—No podías haberlo sabido, Mike. Ayer mismo fue al médico y todo iba bien.

—Bueno, pues ahora no. ¿No puedes ir más deprisa?

Sean pisó el acelerador. Mientras conducía como un loco, Mike llamó a sus padres y a Hank y Betty, el tío de Jenny y su nueva esposa. Necesitaba a la familia.

Sean se saltó semáforos en ámbar y por fin llegaron al hospital. Apenas había parado el coche cuando Mike ya estaba corriendo hacia la sala de urgencias. Unos minutos después, con el coche ya aparcado, entró y buscó a su hermano, rezando por que todo fuera bien. Lo vio en admisión antes de que se lo llevaran y él se quedó allí, en la sala de espera. Mike salió de vez en cuando para informarle de que estaban esperando al médico de Jenny y evitar así que se volviera loco por la falta de información. Al rato llegaron Jack y Peggy Ryan y, tras abrazarse, se sentaron en las sillas más incómodas del mundo.

Pero él no podía estar sentado. No podía estarse quieto. Caminaba de un lado a otro hasta que su madre le pidió que saliera a la calle porque le estaba levantando dolor de cabeza. Y así lo hizo, aunque tampoco encontró paz, ya que unos minutos después llegaron los tíos de Jenny pidiéndole información.

Y mientras esperaba preocupado por su hermano y su cuñada, no dejaba de pensar en Kate ni un minuto. ¿Y si le pasaba eso a ella? ¿Y si le estaba ocultando algo y no estaba tan bien como le había dicho? ¿Y si había problemas con el bebé? ¿Cómo iba a enterarse? Entró de nuevo en la sala, donde su madre y Betty susurraban agarradas de la mano y Hank y Jack estaban sentados como si estuvieran petrificados.

Y en medio de esa violenta tormenta que le ocupaba la mente se dio cuenta de que eso era amor. Las familias reuniéndose en un momento de crisis. Apoyándose unos en otros. Estando cerca. Su corazón se abrió, dejando escapar un calor que le recorrió las venas. Miró a sus padres, que habían superado muchos problemas y habían resurgido siendo más fuertes aún. Y también estaba Betty, que había sido la asistenta de hogar de Hank durante años hasta que un día se habían dado cuenta de que lo que los mantenía unidos era el amor. Sí, Brady se había mudado a Irlanda, pero le encantaba. Y Mike había perdido su mesa de billar, pero a cambio tenía una mujer con la que compartir su vida.

El amor no estropeaba nada, florecía y crecía enriqueciendo las vidas. Y a él deberían haberlo declarado demente por intentar ignorar que amaba a Kate. Por ignorar que la había amado antes y que la amaba ahora.

Alguien sollozó en la sala de espera y el sonido le recorrió la espalda como si fuera un calambre. Kate. Su nombre resonaba en su mente. Los dos meses que había estado sin ella habían sido los más largos y solitarios de su vida.

–Es mentira que no me necesite –murmuró para sí–. Claro que me necesita. Tanto como yo a ella. Y se lo voy a decir en cuanto…

En ese momento Mike se dirigió corriendo hacia su familia.

–Está bien y también el bebé –dijo, y al instante Peggy y Betty se echaron a llorar–. El doctor dice que ha estado moviéndose demasiado y levantando demasiado peso, que es justo lo que yo le he estado diciendo, ¿pero a mí quién me escucha?

Estaba sonriendo mientras se quejaba y Sean pudo ver el alivio en su rostro.

–Me la podré llevar a casa en un par de horas, así que podéis venir a verla si queréis.

–Claro –le dijo Betty antes de darle un beso–. Dile que la queremos y que mañana iré a cuidarla.

–De acuerdo, gracias.

Peggy besó a su hijo y dijo:

–Yo iré con Betty y nos aseguraremos de que descanse.

–Gracias, mamá.

Cuando la familia se marchó, Mike se giró hacia Sean y suspiró.

–¿De verdad está bien?

–Sí. Me ha dado un susto de muerte, pero está bien. Pasa a saludarla.

Recorrieron el pasillo hasta llegar a una cama separada de las demás por una cortina. Mike la descorrió y allí estaba Jenny, recostada y sonriendo.

–Hola, Sean. Siento mucho haberos asustado.

–No te preocupes por nosotros –le apretó la mano con cariño–. ¿Estás bien?

–Estoy bien y el bebé también –respondió alargando la otra mano hacia Mike.

Mike le besó la mano a su mujer y a Sean se le cayó el alma a los pies por el miedo que había vivido su hermano.

–Bueno, ¿qué ha pasado?

–Al parecer, he pasado demasiado tiempo de pie últimamente y…

–¿No te lo había dicho? –la interrumpió Mike besándole la mano de nuevo.

–Sí, ya, ya, tenías razón. ¡Cómo odio admitirlo! –respondió ella riendo–. Bueno, el caso es que puedo irme a casa y solo tengo que tener los pies en alto más tiempo, tomarme las cosas con calma y dejar de pasarme el día explorando tiendas de antigüedades.

–¡Aleluya! –murmuró Mike.

–Cuánto me alegro, Jenny –Sean la besó en la frente–. Pero ahora, tranquila, y deja de asustar a la gente, ¿de acuerdo? Tengo que hablar con Mike un momento.

–No tengas prisa –le respondió sonriendo–, porque no va a dejar de decirme «te lo dije, te lo dije… ».

Una vez fuera de la sala, su hermano le dijo:

–Nunca había estado tan asustado en mi vida. Si tener hijos es así, voy a ser un viejo antes de llegar a los cuarenta.

Sean le dio una palmada a su hermano en el hombro.

–Me alegro de que todo vaya bien.

–Gracias. Hoy has sido mi gran apoyo.

–Para eso estoy. ¿Necesitáis que os lleve a casa?

–No. El coche de Jenny está aquí. Estaremos bien.

–De acuerdo. Entonces me voy a hacer las maletas.

–¿Te vas de viaje?

–No. Me voy a casa. A Wyoming.

El final del verano en Wyoming portaba en el aire un toque del otoño que estaba por llegar y las nubes oscuras se acumulaban en lo alto de las montañas. Kate, cansada del calor y deseando que llegara el frío, avanzaba con cuidado por el bosque.

Seth y Billie, los diseñadores de Celtic Knot, habían terminado su trabajo en las cabañas y ahora estaban ocupados pintando a mano los murales del hotel. Con su cuadrilla ocupada en una obra en el pueblo, Kate quería echar un vistazo al cenador que habían instalado la semana anterior y que era tan original como las cabañas. Tenía forma hexagonal, dragones tallados en el tejado y unas vistas del lago que eran de ensueño. Subió los escalones y se sentó porque, a sus siete meses de embarazo, estaba cansada.

Pero más que cansada estaba triste. Alzando la cara

al viento pensó en los días de invierno que había pasado allí con Sean y deseó tenerlo a su lado.

–¿Sabes? Acabo de darme cuenta de lo mucho que echo de menos este lugar.

Sobresaltada, se giró y encontró a Sean caminando hacia ella con paso decidido. Llevaba una camiseta y unos vaqueros negros. El viento le despeinaba y sus intensos ojos azules estaban clavados en ella con tanto calor que apenas pudo respirar al verlos. Si era un sueño, no quería despertar.

Sean subió los escalones del cenador y miró a su alrededor.

–Dios, qué preciosa eres. Y cuánto he echado de menos alzar la mirada y ver todas esas estrellas cada noche.

–No me puedo creer que estés aquí –Kate se levantó lentamente, sin dejar de mirarlo.

–Pues créelo. Estoy aquí porque te echo de menos, Kate.

–Sean…

–No –dijo haciéndola callar con un dedo en los labios–. He venido desde muy lejos para decirte algo y quiero que me escuches.

–¿Cómo dices? –preguntó ella protestando con enfado por mucho que se alegrara de verlo.

–Ahí está mi chica –se rio–. Cuánto he echado de menos esa vena testaruda que tienes –y antes de que ella pudiera discutírselo, se agachó y la besó–. Nos vamos a casar, Kate. Y antes de que empieces a decir que no te quieres arriesgar a sufrir más, piensa en cuánto hemos sufrido los dos durante estos dos meses y medio. Admítelo, Kate. Nos hemos sentido demasiado solos y hundidos.

–Sí, pero ¿casarnos? –ya había estado casada, y si perdía a Sean como había perdido a Sam, no creía que pudiera sobrevivir a tanto dolor.

Sean se rio y suspiró.

–Sé lo que estás pensando, pero Kate, te quiero.

Ella se tambaleó un poco y agradeció que Sean la agarrara.

–Sí, yo también estoy sorprendido, pero por encima de todo, te necesito. Y tú a mí.

Kate quiso rebatir sus palabras, pero ¿de qué habría servido? Mentiría. Por supuesto que lo necesitaba. Lo echaba de menos. Lo amaba.

–Cuando dijiste que no me necesitabas, me llevé un duro golpe. Todos tenemos secretos, Kate. Hace diez años pensé que estaba enamorado y ella se quedó embarazada y… la dejé sola. Yo no era lo que ella necesitaba porque era demasiado egoísta para ver más allá de mi propia vida.

–Sean, lo siento…

–Perdió al bebé, Kate, y después me dijo que me marchara porque ya no me necesitaba a su lado. Así que cuando me dijiste eso, yo me limité a retroceder y a no hacer nada. Qué estúpido.

–No eres estúpido. Además, te mentí, porque sí que te necesito.

–Ya, lo sé –respondió él con una sonrisa de satisfacción–. Pero bueno, volviendo a lo que he dicho al principio… nos vamos a casar, Kate, y vamos a vivir aquí.

–¿En Wyoming?

–No solo en Wyoming, sino aquí –rodeándola por los hombros, la giró hacia la extensión de tierra que recorría el lago y se adentraba en el bosque–. Voy a contratar a Construcciones Wells para que me construyan una casa ahí mismo.

–Una casa –susurró ella contemplando el maravilloso paisaje.

–Nuestra casa. Vas a diseñarla como quieras, Kate –la miró a los ojos, y en ellos todo se iluminó como un árbol de Navidad–. Haz que sea la casa de tus sueños porque todos nuestros sueños se van a hacer realidad en ella.

–Pero, Sean, ¿qué pasa con el mar? Te encanta. ¿Cómo puedes renunciar a él? Y estarías muy lejos de tu familia…

–El bebé y tú sois mi familia –dijo atrapando la lágrima que le caía por el rabillo del ojo.

Esa caricia hizo que la recorriera una intensa calidez.

–Y con el avión de la empresa podemos volar todo lo que queramos. Conservaremos el ático y nos quedaremos allí cuando vayamos de visita. Pero, mientras tanto, tendré el lago y hacer *paddleboard* podría ser divertido también. Incluso podrías enseñarme a esquiar en invierno.

–Estás loco –respondió ella riéndose.

–Loco por ti.

Kate deseaba creerlo, tener todo lo que le ofrecía: amor, una familia, la casa de sus sueños a orillas del lago y una vida cargada de recuerdos junto a ese hombre.

–Pero me da miedo volver a perderlo todo otra vez –le dijo rodeándole la cara con las manos–. Sean, si te pasara algo, creo que me moriría.

–No te puedo prometer que no vaya a pasar nunca nada malo, Kate. Nadie puede prometer eso –la llevó hasta el banco, se sentó y la sentó sobre su regazo–. Pero si algo va mal, lo superaremos juntos. Además, ¿y si todo va bien? ¿Y si nuestras vidas son perfectas y felices y están llenas de una docena de niños gritando y corriendo por el bosque?

Ella se rio mientras él posaba la mano sobre su abultado vientre.

–¿Una docena?

–Es negociable. Pero con tanto espacio que hay por aquí, diría que necesitaremos al menos seis.

Kate podía imaginarlo. Los dos regentando el hotel, una casa llena de niños y todos ellos participando en las convenciones que se celebrarían allí cada verano.

–Pero lo que no es negociable es lo de la boda. Te quiero, Kate. Para siempre. Di que sí.

–Sí –respondió ella, y sintió cómo se le quitaba un gran peso de los hombros. Estaba haciendo lo correcto. Eran perfectos el uno para el otro y juntos podrían enfrentarse a todo lo que les sobreviniera.

–¡Eh! –exclamó Sean mirándole la barriga–. ¿Qué es eso?

Kate se rio encantada y, rodeándolo por el cuello, dijo:

–Tu hija diciéndote que se alegra de que papá y mamá se vayan a casar.

–Es increíble –dijo Sean con los ojos como platos mientras posaba una mano en su vientre para sentirlo.

–Bueno, ¿y dónde está mi anillo de compromiso?

–¡Ja! –él se metió la mano en el bolsillo y sacó una caja–. No hay anillo de compromiso porque seguro que te lo engancharías con una sierra mecánica o algo así –abrió la caja y le mostró unos impresionantes pendientes de esmeralda–. Esto es por el compromiso, y cuando nos casemos, llevaremos unas sencillas alianzas de oro.

—Oh, Sean… —Kate sonrió entre lágrimas—. Eres perfecto, ¿verdad?

—Y no olvides que también soy encantador —le respondió, y la besó.

Epílogo

Dos meses después.

–¡Vamos, Kate, se acerca la tormenta y quiero estar lejos de esta montaña antes de que vuelva a nevarnos!

Impaciente, esperó a su mujer en el salón principal del hotel. Todo estaba ya amueblado y terminado, listo para los huéspedes. Sin embargo, con el bebé en camino, Sean había tomado la decisión de esperar a la primavera para la gran inauguración.

Estaban a principios de octubre, pero el invierno parecía apresurarse. No debería haber accedido a llevarla allí hoy, pero cuando Kate quería algo, era insistente.

Había querido ver la ubicación para la casa una vez más antes de que llegaran las nieves. Estaba trabajando en el diseño para que el arquitecto pudiera tener los planos listos y que la cuadrilla pudiera empezar con la construcción en cuanto pasara el invierno. Esa mujer era como una fuerza de la naturaleza.

–¡Kate! ¡Si no vienes en diez segundos, me iré a tu casa sin ti! –era una amenaza vacía y ambos lo sabían.

–¿Sabes? Si tú fueras por ahí con una bola de jugar a los bolos en tu vejiga, también te moverías un poco despacio.

Estaba embarazada de nueve meses y aún le robaba el aliento. ¿Cómo era posible quererla cada día más? Era todo lo que había deseado siempre.

–Sí, tienes razón –dijo él echándole el abrigo por encima y llevándola hacia la puerta–. Los hombres somos unos seres humanos miserables y las mujeres deberíais dirigir el mundo, pero sube al coche, ¿de acuerdo?

–Relájate, Sean. No nos vamos a quedar atrapados y no voy a tener al bebé aquí.

–Eso espero –le contestó, y cerró la puerta del hotel.

Una vez naciera el bebé, tenían pensado pasar allí el invierno. La casita de Kate era demasiado pequeña para albergarlos a los tres y a todo el equipo de oficina que Sean necesitaba para poder seguir trabajando desde allí. Estaba deseando la tranquilidad y la soledad que se respiraban allí, e incluso le apetecía quedarse atrapado por la nieve con Kate otra vez… una vez el bebé naciera, claro.

–Qué bien que Mike y Jenny tuvieran a su bebé ayer –dijo Kate mientras bajaban los escalones–. Ahora nuestra Kiley y su Carter solo se llevarán un día.

–Sí –murmuró él llevándola hacia el coche–. ¡Eh, espera! –se detuvo en seco–. ¿Cómo sabes que Kiley va a llegar hoy? ¿Estás de parto?

Ella le sonrió, se puso de puntillas y le besó.

–Llevo de parto unas dos horas. ¡Vas a ser papá hoy, Sean! ¿No es increíble?

–¡Tenemos que ir al hospital! Camina despacio y no respires muy profundamente.

Una vez dentro del coche, ella se rio y él pensó que, sin duda, las mujeres eran el sexo fuerte.

–¿Estás bien?

–Muy bien –murmuró ella–, aunque esta ha sido mucho más fuerte. Date prisa, Sean.

Cuando ella empezó a respirar entrecortadamente, a Sean se le aceleró tanto el corazón que le faltaba el aire.

La carretera de la montaña nunca le había parecido ni tan larga ni tan sinuosa. No podía acelerar mucho si no quería salirse del camino, pero también tenía que darse prisa, porque no pensaba tener a su primer hijo en el coche.

Veinte minutos más tarde, llegaban al hospital y para entonces Kate ya se quejaba y gemía. Rápidamente, la sentaron en una silla de ruedas y se la llevaron por un largo pasillo mientras él la perdía de vista invadido por el pánico. Sin embargo, unos minutos más tarde estaba en el paritorio con ella, que luchaba por traer a su hija al mundo. Se le encogió el corazón cada vez que gritaba de dolor, y habría dado todo lo que tenía por haber ocupado su lugar en ese momento. Habría preferido cualquier cosa antes de ver sufrir a la mujer que amaba.

–No te preocupes tanto –le dijo ella con la voz entrecortada–. Esto es normal. Todo va muy deprisa.

–Me equivoqué cuando te dije lo de los seis hijos. Con uno basta. Te juro que no volveré a tocarte, Kate.

Ella se rio, encantada, y volvió a gemir con el dolor de otra contracción.

–En eso no te voy a apoyar, cielo. ¡Ay, Sean, ya viene!

La doctora Eve Conlon entró en ese momento.

–¿Cómo vamos por aquí?

–Kate dice que el bebé ya viene.

Eve se rio.

–Cálmate, Sean. Voy a echar un vistazo, Kate.

Cuando la breve exploración terminó, la doctora sonrió y anunció:

–Kate tiene razón. Todo va muy deprisa y vuestra hija está en camino.

Durante la siguiente media hora Sean se sintió más

asustado y feliz que nunca. La admiración y el amor por su mujer aumentaron aún más al verla traer a su hija al mundo con tanta fuerza y determinación.

Lo único que pudo hacer fue agarrarla con fuerza y mirarla asombrado y orgulloso mientras la doctora posaba a su preciosa hija sobre el pecho de su mujer. Kate rio y lloró al acariciar el diminuto cuerpo de la niña y Kiley, como sintiendo que estaba donde debía estar, se acurrucó y miró directamente a los ojos de su padre.

Con reverencia, él acarició su diminuta mano y la pequeña le agarró los dedos con un gesto instintivo que le fue directo al corazón.

–Feliz cumpleaños, Kiley Ryan –susurró.

Apenas tenía un minuto de vida y Sean ya la quería más de lo que había creído posible. Jamás habría imaginado que pudiera sentir algo tanto y tan rápido. Al mirar a su esposa comprendió que nunca había llegado a imaginar lo que significaba amar a una mujer completamente.

–Gracias –susurró, y se agachó para besar a Kate–. Gracias por la niña y por todo lo que me has dado desde el día que te conocí.

–Te quiero, Sean –dijo Kate.

–Pues no dejes de quererme nunca.

Posó la mano sobre la de Kate y juntos arrullaron a su hija. A su futuro.

Bianca

La necesitaba para sellar el trato…

El millonario griego Alekos Gionakis creía que conocía bien el valor de su secretaria. Pero, cuando ella cambió de imagen y le reveló quién era su verdadero padre, se convirtió en su bien más preciado.

Alekos le ofreció a la hermosa Sara Lovejoy hacer de intermediario para que ella pudiera reunirse con su familia a cambio de que ella aceptara fingir que eran pareja.

Pero sus mejores planes quedaron fuera de juego cuando comprendió que su inocencia era algo que el dinero no podía comprar.

SU BIEN MÁS PRECIADO

CHANTELLE SHAW

Acepte 2 de nuestras mejores novelas de amor GRATIS

¡Y reciba un regalo sorpresa!

Oferta especial de tiempo limitado

Rellene el cupón y envíelo a

Harlequin Reader Service®
3010 Walden Ave.
P.O. Box 1867
Buffalo, N.Y. 14240-1867

¡Sí! Por favor, envíenme 2 novelas de amor de Harlequin (1 Bianca® y 1 Deseo®) gratis, más el regalo sorpresa. Luego remítanme 4 novelas nuevas todos los meses, las cuales recibiré mucho antes de que aparezcan en librerías, y factúrenme al bajo precio de $3,24 cada una, más $0,25 por envío e impuesto de ventas, si corresponde*. Este es el precio total, y es un ahorro de casi el 20% sobre el precio de portada. !Una oferta excelente! Entiendo que el hecho de aceptar estos libros y el regalo no me obliga en forma alguna a la compra de libros adicionales. Y también que puedo devolver cualquier envío y cancelar en cualquier momento. Aún si decido no comprar ningún otro libro de Harlequin, los 2 libros gratis y el regalo sorpresa son míos para siempre.

416 LBN DU7N

Nombre y apellido	(Por favor, letra de molde)

Dirección	Apartamento No.	

Ciudad	Estado	Zona postal

Esta oferta se limita a un pedido por hogar y no está disponible para los subscriptores actuales de Deseo® y Bianca®.
*Los términos y precios quedan sujetos a cambios sin aviso previo.
Impuestos de ventas aplican en N.Y.

SPN-03   ©2003 Harlequin Enterprises Limited

Bianca

¡De tener una aventura...
a ser una novia ficticia!

Con el corazón destrozado, Becky Shaw se retiró a los Cotswolds para pasar la Navidad. Allí esperaba calentarse delante de la chimenea y no entre los brazos de Theo Rushing, un atractivo italiano millonario. Mientras la tormenta de nieve tomaba fuerza en el exterior, la temperatura comenzó a subir en el interior...

Se suponía que iba a ser un romance de vacaciones, hasta que Theo confesó que necesitaba aparentar que tenía novia y se llevó a Becky a Italia, a conocer su vida de lujo. Para proteger su corazón ella accedió a fingir una relación sin más, pero, cuando estalló la química entre ellos, pronto llegaron a un punto de no retorno.

FUEGO EN LA TORMENTA

CATHY WILLIAMS

Traiciones y secretos
Sarah M. Anderson

Byron Beaumont había intentado olvidar a Leona Harper. Pero ni viviendo en el extranjero había conseguido borrar los recuerdos de su relación ni de su traición. La familia de ella llevaba años tratando de destruir a la suya y, a pesar de que Byron había confiado en ella y le había hecho el amor, Leona le había ocultado su identidad. Pero ahora que estaba de vuelta y era su jefe, quería respuestas.

Pero le esperaba otra sorpresa: Leona había tenido un hijo suyo. Byron estaba dispuesto a cuidar de su familia, aunque eso significara pasar día y noche deseando a la mujer que no podía tener.

Sus familias los habían separado.
¿Podría su hijo volver a unirlos?